주말에는 비밀의 가게에서 케이크를

- 여자 금지 양과점 -

Bienvenue à la Pâtisserie Intime!

스기모토 아키코

Contents

첫 번째 접시
딸기 쇼트케이크
5

두 번째 접시
초여름의 소르베
53

세 번째 접시
생일 케이크
105

네 번째 접시
웨딩 케이크
163

첫 번째 접시

딸기 쇼트케이크

Bienvenue à la Pâtisserie Intime!

1

"어때요?"

미용사가 밝게 물어볼 때, 만약 진짜 형편없더라도 솔직하게 대답할 수 있는 사람이 있을까?

나는 그럴 수 없었다. 너무 짧게 친 머리를 보면서도 억지웃음을 짓는 것이 고작이었다. 뭔가 말하면 이보다 더 짧게 칠 것 같아서 무서웠다.

"네, 괜찮아요……."

사실은 울고 싶을 만큼 싫다.

고등학교 2학년 시업식을 맞이해서 다들 머리 모양과 화장법이 바뀌었다. 봄 방학 동안 열심히 연구했는지 한층 어른스러워진 친구들과는 달리 나만 어린아이로 남겨진 듯한 기분이었다.

그 위기감 때문에 단골 가게가 아니라 인터넷에서 평판이 좋은 미용실을 예약했다. 주말엔 예약이 꽉 차서 시간은 금요일 방과 후로 정했다. 어른 여성들이 이용하는 가게에 교복을 입고 가면 주눅이 들 것 같아서 중간에 집에 들러 옷을 갈아입었다. 커트하기 편하게 목둘레가 넓은 맨투맨 티셔츠와 슬림한 청바지. 지금 생각해 보면 이 선택도 문제였는지 모른다.

미용실은 도로가 보이는 1층이 전면 유리고, 벽돌 벽을 채색하듯 관엽 식물이 장식되어 있었다. 보사노바풍 음악이 흐르는 가게 안에서 세련되게 화장한 30대 정도의 예쁜 언니가 나를 맞이했다.

"예약한 마키노예요. 계속 기르고 있었는데 봄에 어울리게 조금 가벼운 느낌으로 자르고 싶어서요……."

더듬더듬 이미지를 설명하자 헤어 카탈로그에서 여성스러운 쇼트헤어를 추천해 줬다. 말이 쇼트지 머리 양옆 길이는 턱에 닿는 정도다. '어른스러우면서도 캐주얼하고 얼굴이 작아 보이는 효과가 있다' 는 문구에 가슴을 두근거리며 부탁했다.

하지만 결과는 귀에 닿지도 않을 만큼 짧게 자른 머리. 젖어 있을 때도 너무 짧아 보였는데 드라이를 하고 왁스를 바르자 남동생과 똑같은 머리 모양이었다. 쌍둥이 남동생과 다른 느낌으로 보이게 지금껏 긴 머리를 유지했는데.

침울해하고 있을 때 미용사가 만족스러운 듯이 미소 지었다.

"너무 짧게 잘랐나 했지만 이 정도가 어울리네요."

자기도 알긴 아나 보네! 마음의 외침을 꾹꾹 눌러 삼키며 돈을 냈다. 멤버십 카드도 받았지만 다시는 안 올 거다. 버스정류장을 향해 걸으면서 점점 참을 수 없는 짜증이 밀려왔다.

주말 동안 어떻게든 자랄 수 없을까. 하다못해 5센티미터 정도는.

만약 지금 뭐든지 소원을 들어주는 여신이 나타난다면, 무조건 미용실을 예약하기 전으로 돌려 달라고 부탁할 거다.

주택가 풍경이 어둑어둑한 빛깔로 물들어 간다. 춥다. 특히 목 언저리가 서늘하다. 이러려던 게 아닌데. 고개를 숙인 채 걷다가 문득 뭔가에 시선이 멈췄다.

초록색 크록스 한쪽이 길에 떨어져 있었다. 사이즈가 큰 걸 보면 아마도 남자 신발. 왜 한쪽이지? 가끔 목장갑이나 장갑이 한쪽만 떨어져 있을 때는 있지만, 신발을 떨어뜨리면 당연히 알아차릴 텐데.

신데렐라 크록스라고 제목을 붙여서 친구한테 사진을 찍어 보낼까. 멍하니 그런 생각을 하고 있을 때, 바로 근처에서 문 열리는 소리가 들렸다. 옅은 갈색 회반죽 벽에 서양식 기와를 얹고, 난색 계열의 밝은색을 칠해 중세 유럽 분위기가 풍기는 집에서 한 사람이 나왔다.

키는 180센티미터쯤 되어 보이고 어깨도 넓다. 트레이닝웨어 차림인데도 추레해 보이지 않고 마치 운동선수처럼 스타일이 좋다. 짧은 머리에 쌍꺼풀 없는 길고 서늘한 눈매가 날카롭고 다가가기 어려운 분위기를 풍겼지만, 자연스레 눈길이 갈 만큼 단정한 얼굴이었다. 20대 중반을 조금 넘겼으려나. 여자들이 좋아할 것 같은 집과 남자의 미스매치에 조금 놀랐다. 퉁퉁 부은 왼쪽 발목에는 테이핑을 했고 오른쪽 발에는 초록색 크록스를 신고 있었다.

그는 걸으면서 벗겨졌던 길바닥의 크록스를 신고 도로에 세워 둔 왜건 문을 열었다. 양손으로 종이상자를 드는 모습을 보니 덩그러니 남겨졌던 크록스의 수수께끼가 풀렸다. 벗겨진 신발보다 짐 옮기기가 먼저였던 모양이다.

조금 전까지만 해도 신데렐라를 떠올렸는데, 정반대였다. 왕자님보다는 기사? 그것도 굉장히 강하고 아름다운. 멍하니 바라보고 있을 때 열려 있던 현관문이 조금씩 닫히기 시작했다. 그도 그 사실을 깨달았는지 "아." 하고 낮은 목소리로 중얼거렸다. 하지만 서두르지 않고 그저 체념한 듯 살짝 어깨를 떨궜다.

평소의 나라면 조금 신경 쓰이더라도 못 본 척했을 것이다. 하지만 오늘은 달랐다. 머리가 너무 짧게 잘리는 바람에 가엾은 그에게 동지 의식이 싹튼 것이다. 냉큼 그를 지나쳐서 문을 붙잡았다.

"자, 여기요!"

지나친 참견일까? 두근두근하며 말하자 그는 놀라듯이 나를 바라보았다. 그리고 곧 눈을 가늘게 뜨며 부드럽게 미소 지었다.

"고마워요."

그가 내 눈을 똑바로 보며 말했다. 어른 남성에게 이런 인사를 들을 기회가 보통 없다 보니까, 쑥스럽기보다는 오히려 황송했다.

"아뇨, 별일도 아닌데요 뭐."

내가 입안으로 웅얼웅얼하자 그는 예의 바르게 머리를 숙인 후 집 안으로 들어갔다.

무심코 안을 바라본 순간 깜짝 놀랐다. 가정집인 줄 알았는데 실내 중앙에 양과자점의 냉장 쇼케이스가 놓여 있었다. 안쪽은 주방. 하얀 벽에 나뭇결 바닥, 서로 색을 맞춘 이트인(Eat-in) 테이블과 의자. 청결한 가게 안은 그것만으로도 맛을 기대하게 했다.

"양과자점을 새로 개업하는 건가요?"

"1년 전부터 영업하고 있어. 토, 일 주말에만."

"와! 몰랐어요."

"회원제니까."

잔뜩 부풀었던 설렘이 푸시식 꺼졌다. 여고생 용돈으로 사 먹을 수 있는 가격일까. 주말 한정 회원제로도 경영이 될 정도면 굉장히 맛있겠지. 하다못해 어떤 케이크가 있는지 그것만이라도 알고 싶었다. 나는 텅 빈 쇼케이스를 쓸쓸하게 바라보았다.

주방으로 들어갔던 그가 다시 밖으로 나왔다. 나는 시무룩하게 웅크렸던 등을 폈다.

"또 도와드릴 건 없나요?"

"말은 고맙지만 너무 폐를 끼치는 거 아닐까?"

"아뇨! 전 케이크를 좋아하거든요. 도움이 된다면 기뻐요."

폐가 되지 않는다는 걸 태도로 표현하고 싶어서 또랑또랑하게 말했다. 처음에는 망설였지만 그는 결국 내 친절을 받아들였다. 역시 꽤나 애를 먹고 있었던 모양이다.

"앞으로 두 번 더 왕복해야 하니까 그동안 문을 잡아 줄래? 도어 스토퍼 상태가 안 좋아서."

"제가 옮겨드릴게요!"

"꽤 무거워."

물론 남자보다 힘은 약하다. 하지만 다친 사람보다는 잘 움직일 수 있다. 그렇게 생각하며 차로 걸어가서 종이상자를 들려고 했는데, 너무 무거워서 무리였다. 얌전히 문이나 잡고 있어야지.

내가 한 일은 고작 그것뿐인데도 그는 "괜찮으면 받아줘."라며 쿠키와 샵 카드를 주려고 했다. 당황하며 손을 좌우로 흔들었다.

"아니에요, 별로 한 것도 없는걸요."

"그렇지 않아. 도움이 많이 됐어. 고마워."

막무가내로 쥐여 주는 바람에 결국 얼떨결에 받고 말았다.

"나는 이 가게의 짐장 겸 파티시에인 코바야시야. 혹시 마음에 들면 손님으로 와 줘."

"그치만 회원제라면서요?"

"은인은 당연히 환영해야지."

마치 웃음을 유도하는 것처럼 그가 미소를 지었다. 빈말이라도 기쁘다. 쿠키를 주셔서 고맙다고 인사한 후 가게를 나왔다. 문이 닫히기 전에 그가 말했다.

"정말 고마워, 마키노 군."

만약 이게 미스터리 소설이었다면 다시 문을 열고 '어떻게 내 이름을!' 이라고 물었을 것이다. 그리고 그는 탐정답게 대답했겠지.

하지만 나는 밝히지도 않은 이름을 부르는 것에 아무런 의문도 품지 않았다. 그저 납득했다.

또냐, 라고.

내 동생은 우리 동네의 유명인이다. 우리 동네는 어중간한 시골에다 자연이 풍부하지도 않고 특산물도 없다. 지역 부흥의 일환으로 뭔가 없을까 고심하다 십수 년 전 사극 타이틀 글자를 쓴 서예가가 우리 지역 출신이라는 걸 떠올렸다고 한다. 그 뒤로 온 동네에서 서예를 장려하게 됐고, 나와 동생도 유치원 때 이사 오자마자 서예 교실에 들어갔다.

싫증을 잘 내는 나와는 달리 동생은 간식을 노리고 꾸준히 서예 교실에 다녔다. 심지어 센스도 있었던 모양이다. 안 그래도 싹싹하고 어른들께 예쁨 받는 성격이었던 동생은 양로원 위문과 노상 퍼포먼스로 배짱을 키웠다. 서예에 힘을 쏟고 있는 고등학교에 진학해서 전국 고등학생이 출전하는 서예 대회에서 대상을 탔을 때는 동네 할머니 할아버지들이 개선 퍼레이드를 하자고 주장했을 정도다.

마을 사람들에게 애정을 듬뿍 받고 자란 동생은 시민 신문의 단골이었다. 서예 성적은 물론 봉사 활동, 그리고 독자 투고 엽서 코너에 '오늘의 마키노 군' 에피소드가 투고되었다.

그런 동생은 나와 정말로 얼굴이 똑 닮았다. 피부가 하얗고, 나보다 호리호리하고, 닮았다고 해놓고 이런 말하긴 좀 뭐하지만, 미소년으로 불린다. 또래 여자애들에게 인기도 제법 많다.

여자같이 생긴 남자는 미소년이지만 남자같이 생긴 여자는 미소녀가 될 수 없다. 이 나이가 되어서도 동생으로 오해받다니 아무래도 힘이 빠진다.

오늘부터 또 낯선 할머니, 할아버지들이 불러 세우는 나날이 시작되는 걸까.

한숨을 쉬며 버스정류장으로 향했다. 벤치에 앉아서 버스를 기다리며 스마트폰으로 앱을 체크했다. 새 미용실에 간다고 말해 뒀던 친구 시호에게 메시지가 와 있었지만 답장할 기력도 없었다.

우울해도 배는 고프기 마련이다, 그렇듯 얄미운 자신이 더욱 괴로웠다. 선물 받은 쿠키 봉지를 열자 버터향이 코를 간질였다. 그것만으로도 조금 위로가 되는 걸 보면 나는 정말 단순한가 보다. 짤주머니로 짜서 표현한 엷은 핑크색 꽃잎. 바삭바삭하게 씹히다가 다음 순간 사르르 녹아내렸다. 뒤이어 벚꽃 향과 짭짤한 맛이 감돌았다.

쿠키를 먹으면 아무래도 입안이 퍼석퍼석해지거나 달큼한 맛이 남기 마련인데 뒷맛이 진짜 가볍다. 먹기 전보다 오히려 더 산뜻하다. 하나 더, 이번에는 천천히 맛을 음미했다.

이걸 그 사람이 만든 걸까? 새삼 샵 카드를 바라보았다. 외국어로만 인식했던 그 글자를 이번에는 잘 읽어 보았다.

〈un homme(언 옴므)〉. 영업시간은 11시부터 18시까지.

내일 가 볼까. 쇼케이스에 진열된 케이크들을 보고 싶다.

맛있는 음식은 위대하다. 가슴에 찌꺼기처럼 가라앉아 있던 불쾌한 기분이 깨끗이 날아갔다.

2

내가 다니는 학교는 입시를 중시하는 학교가 아니라서 토요일에는 수업이 없다. 그런데도 교복으로 갈아입은 것은 어제 미용실에 갈 때와는 정반대로 여고생이라는 사실을 어필하기 위해서였다. 사복 치마를 입으면 그런 패션이 동생 취미라고 오해받을 것 같으니까.

혹시 몰라서 남고생은 하지 않을 꽃 모양 헤어핀까지 앞머리에 꽂았다.

개점하자마자 바로 찾아가면 바쁠 것 같아서 2시쯤 가게에 도착했다. 간판은 보이지 않았다. 이 근방은 신흥주택이 많고 주위에도 서양식 주택들뿐이다. 양과자점이라는 걸 알면서도 '혹시 주소를 착각했나?' 라는 생각이 드는 외관이다.

두근두근하며 문을 열었다. 따뜻하고 달콤한 양과자점 특유의 향기가 화악 몸을 감쌌다. 행복한 순간이다.

"어서 오세……."

오늘 코바야시 씨는 하얀 셰프복을 입고 쇼케이스 너머에서 미소를 띤 채 굳어 있었다. 그의 머릿속은 분명 이럴 것이다.

문이 열렸다→손님이다.

내 얼굴을 보고→어제 그 사람이다.

하지만 전신을 본 순간→???

그 일련의 흐름이 눈에 뻔히 보였다. 그래요, 여자예요. 그의 생각을 긍정하듯 작게 고개를 끄덕이며 문을 닫았다. 알았으면 됐다. 동생이 아니라고 굳이 말을 꺼낼 필요도 없겠지.

"어제 쿠키 정말 맛있었……."

"여자였냐."

내 말이 끝나기도 전에 그가 말했다. 그 목소리에는 '오해해서 미안해' 가 아니라 '속았다' 라는 뉘앙스가 있었다.

어라, 그게 나 때문인가? 조금 발끈해서 하려던 말을 삼켰다. 그는 고개를 푹 숙이고 한숨을 쉬며 내게 오른손을 내밀었다.

"샵 카드 돌려줘."

"왜! 왜요!"

그렇게까지 거부하다니 상처받는다. 나를 동생으로 착각해서 줬는지는 몰라도 실제로 도와 준 사람은 난데.

"미안. 하지만 우리 가게는 회원제라고 했잖아? 그 첫 번째 조건이 남자야."

"남자요……?"

당황하며 되물었다. 양과자점뿐 아니라 디저트의 주 고객층은 여자일 텐데.

"남자한테 과자나 케이크는 진입장벽이 높아. 여자 손님만 가득한 가게 안에 들어가긴 껄끄럽고 주눅이 들지. 나는 디저트 난민인 남자들을 구하려고 이 가게를 차렸어. 가게 이름은 '남자' 라는 뜻의 프랑스어. 남자 혼자 부담 없이 들어올 수 있는 비밀의 집 같은 가게로 만들고 싶어서 지은 이름이지. 그러니까 돌려줘."

어제는 부드럽게 웃으며 나를 은인이라고 했던 그가 담담하게 말을 이었다. 너는 동료가 아니라고 선을 긋는 것 같았다.

가게 콘셉트는 알겠다. 나도 디저트 뷔페에 혼자 온 남자를 보면 조금 이상하게 느낄 것이다. 남자가 달콤한 것을 좋아한다 해도 전혀 이상할 일이 없는데, 단것은 여자의 전유물이라는 선입관을 갖고 있다.

하지만 그 말이 맞는다고 해도 이 태도는 뭐란 말인가. 물론 조금 헷갈릴 수는 있지만 16세의 남녀를 구분하지 못한 건 자기 아닌가. 부글부글 분노가 솟구쳤다.

"멋대로 착각해 놓고 그렇게 말할 건 없잖아요."

"미안하다고 했잖아."

그가 영혼 없이 말했다.

"제대로 설명해 주면 다른 애들한테 말할 생각은 없어요. 그런데 샵 카드를 돌려 달라니 혹시 제가 입이 가벼워 보이나요?"

"보여."

단호한 대답에 울컥 화가 치밀었다.

"댁이 저에 대해 뭘 아는데요!"

"……여고생은 다 그렇잖아?"

"여고생은 죄다 입이 가볍다?"

"아닌가?"

어이가 없다. 정년을 앞둔 교육지도 선생님만큼이나 말이 통하지 않는다. 대화를 포기하고 샵 카드가 구겨지지 않도록 끼워 뒀던 지갑을 꺼냈다.

그저 그에게 '맛있었어요.' 라고 말하고 싶었을 뿐인데. '우울했는데 조금 기운이 났어요.' 라고 말하고 싶었는데. 그때 그 행복한 기분마저 팽개쳐진 것 같아서 슬프다.

영수증이 빼곡하게 꽂힌 지갑에서 샵 카드를 찾느라 애를 먹고 있을 때 등 뒤에서 문이 열렸다.

"아, 미안."

60세 정도의 배 나온 아저씨가 문 앞에 서 있는 나를 보고 놀라며 말했다. 인사를 하며 비켜서자 아저씨는 사람 좋게 씨익 웃었다. 그리고 코바야시 씨를 보며 말했다.

"이 가게 이제 여자 손님도 받나? 내 딸 데려와도 돼?"

"아뇨, 그게 아니라."

"아, 그럼 아르바이트? 이 가게도 화사해지겠구먼."

"아닙니다……. 길을 물으러 들어온 것뿐입니다."

코바야시 씨는 미소를 지으면서도 무언의 위압감으로 나를 견제했다. 고개를 끄덕여야 하나 망설이는 동안 아저씨의 관심은 이미 케이크로 옮겨갔다. 덩달아 나도 케이크를 바라보았다. 가짓수는 적지만 그 화사한 모양에 코바야시 씨의 불손한 태도가 머리에서 날아갔다. 본격적인 비주얼인데도 남자 손님들을 위해 알기 쉬운 이름이었다.

'계절과일을 담은 타르트', '수플레 치즈케이크', 그리고 '딸기 쇼트케이크'.

전부 먹기 아까울 정도다. 이대로 장식해 두고 싶다. 황홀하게 바라보고 있을 때 아저씨가 말했다.

"코바 군, 늘 먹는 걸로 줘."

"죄송합니다, 타카하시 씨. 슈크림은 준비해 드릴 수 있지만 가게 안에서는 드실 수 없습니다."

"그래? 왜?"

"다리를 다쳐서요. 별건 아니지만 밑준비가 힘들어서 생과자밖에 준비 못한 데다 테이블까지 갖다 드리기도 어렵습니다. 아, 걱정 마세요. 계단에서 발을 헛디딘 것뿐이니까요. 한심하죠."

두 사람이 하하 웃었다. 무심코 따라서 작게 웃자 코바야시 씨가 나를 째려봤다. 뭐야, 웃어도 되는 분위기였잖아. 나는 시선을 피하며 마음속으로 항의했다.

"그러면 내가 먹을 슈크림이랑 평범한 치즈케이크 2개 포장해 줘."

"네, 감사합니다. 집까지 얼마나 걸리시죠?"

"음, 2시간 정도? 아이스 팩 많이 넣어 줘. 들르고 싶은 곳도 있으니까."

"알겠습니다."

코바야시 씨가 케이크를 상자에 담는 사이 아저씨가 나를 돌아보았다.

"나는 일부러 차로 1시간 30분이나 들여서 이 가게에 다니고 있지."

"그렇게 멀리서요?"

조금 의외다. 스스럼없는 이 아저씨라면 여자들로 가득한 양과자점에도 주눅 들지 않고 사러 갈 수 있을 것 같은데. 아저씨는 계산대 앞에 놓인 작은 카드 스탠드를 집어 내게 내밀었다.

"'손님의 취향과 건강에 맞춰 원하는 대로 만들어드립니다'. 내 나이쯤 되면 몸 여기저기가 고장 나거든. 아저씨도 당뇨가 있어. 근데 단 음식, 매운 음식, 그리고 술을 좋아해서 아주 골치 아프지. 그럴 때 아는 사람이 당질을 줄여서 만든 슈크림이 있다고 가르쳐 준 가게가 바로 여기야."

그래서 아까 '내가 먹을'과 '보통'으로 주문했구나. 고개가 끄덕여진다.

"맛있으니까 먹어 봐. 까다로운 주문을 해도 들어주고."

"네."

무심코 대답하긴 했지만 왠지 나에겐 팔아 주지 않을 것 같다.

계산을 하던 아저씨가 문득 구움과자 선반으로 손을 뻗었다. 벚꽃 쿠키다. 그거 맛있어요! 라고 말해 주고 싶었지만 이미 알고 있을지도 몰라서 입을 다물고 있었다.

"이것도 부탁해. 아, 다른 봉지에 담아 줘."

상품을 받아 든 아저씨는 벚꽃 쿠키가 든 봉지를 내게 내밀었다.

"받아."

어. 아저씨 너머 코바야시를 보고 당황했다. 모르는 사람한테 뭔가를 받는 것보다 그쪽이 더 망설여졌다.

"타카하시 씨……."

코바야시 씨가 난처한 듯이 중얼거리자,

"자꾸 여자가 싫다고 하지만 말고 잘 지내봐. 왜 *일기일회라는 말도 있잖아. 길을 묻느라 여길 택한 것도 인연이 있어서 그런 거야."

안 그래? 동의를 구하듯 나를 보며 웃었다.

사람 좋은 아저씨를 보고 있자니 코바야시 씨가 나를 경계하는 마음도 알 것 같았다. 이렇게 좋은 사람이 모이는 곳을 만들었으니 그게 망가질까 봐 무서워졌겠지. 여고생에 대한 편견도 조금은 용서해 주고 싶다. 하긴 나도 떨어진 크록스를 보자마자 농담거리로 삼으려고 했으니까.

"고맙습니다……."

어쩔 줄 모르며 봉투를 받아들자 아저씨는 코바야시 씨를 향해 말했다.

"젊으니까 금방 낫겠지만 조심하게."

"네, 감사합니다."

겸허하게 산뜻한 미소를 짓던 코바야시 씨는 아저씨가 나가자마자 정색을 하고 위압적인 오라를 풍기며 나를 바라보았다. 무서워! 이 사람 이중인격인가 봐.

또 한소리 듣겠구나 싶어서 잔뜩 경계한 순간, 그가 쇼케이스

---

* 일기일회(一期一會): 평생 단 한 번의 만남. 사람과의 만남 같은 기회를 소중히 하라는 의미.

를 짚으며 깊게 머리를 숙였다.

"나는 사람들의 눈이 신경 쓰여서 케이크를 좋아한다고 말하지 못하는 남자들을 위해 계속 케이크를 만들고 싶어. 그러니까 부탁이야, 카드를 돌려줘."

간절한 호소였다. 진지한 마음이 전해졌다.

겨우 찾은 샵 카드를 꺼내 그에게 내밀었다. 하지만 그가 손을 뻗은 순간 재빨리 거둬들였다. 그가 나를 매섭게 노려보았다.

"한 가지…… 묻고 싶은 게 있어요."

나는 조금 전 아저씨가 보여 준 '손님의 취향, 건강에 맞춰 원하는 대로 만듭니다' 라는 카드 스탠드를 흘낏 바라보았다.

"뭐지?"

코바야시 씨는 이쪽으로 팔을 뻗은 채 언짢은 얼굴로 물었다.

내가 먼저 꺼낸 말인데도 용기가 필요했다. 이제부터 물어볼 말은 내가 10년 동안 계속 찾았지만 답을 발견할 수 없었던 거니까. 꾸욱 아랫입술을 깨물며 그를 바라보았다.

맛있는 케이크를 만들 실력이 있고 자신의 생각을 솔직하게 말하는 그라면 좋든 싫든 내 고민에 결판을 내줄지도 모른다.

"하얀 딸기 케이크를 만들 수 있나요?"

그렇게 묻자 그는 허를 찔린 듯 잠시 입을 다물었다.

"딸기가 하얀색? 아니면 생크림으로 케이크 시트를 덮은 데커레이션케이크라는 뜻이야?"

"아뇨, 단면도 하얀색이에요. 케이크 시트도 딸기도 하얀색."

"사진은? 기념사진이나 셀카 같은 거 좋아하지 않나?"

"10년 전까지 엄마가 생일에 만들어 준 케이크예요. 앨범에는 있겠지만 지금은 갖고 있지 않아요. 전부 하얀 케이크인데 혹시 외국에서는 뭔가 의미가 있나요?"

예를 들면 축복 같은. 그는 생각에 잠긴 듯이 눈썹을 찡그렸다.

"아니, 여자에게 하얀 케이크라. 내가 알기로는 없어."

"그렇군요……."

"엄마가 남기고 간 추억의 맛인가……?"

그의 날카로운 눈빛이 누그러졌다. 배려하는 듯한 말투에 퍼뜩 한 가지 사실을 깨닫고 고개를 저었다.

"추억의 맛이긴 하지만 엄마는 살아 계세요. 그저 이젠 만들지 않는 것뿐이에요."

"그 이유를 본인에게 물어보면 안 되나?"

"만들지 않게 된 그날 일은 부모님이 없었던 일 취급하고 있어서요……. 동생은 기억하고 있을지도 몰라요. 하지만 전 지금도 계속 찾고 있어요."

생일 케이크는 언제나 두 종류였다.

빨간 딸기와 노란 케이크 시트와 하얀 생크림으로 만든 일반적인 데커레이션케이크는 동생 거. 케이크 시트도 딸기도 물론 생크림도 하얀 케이크는 내 거.

동생 케이크를 동생과 아빠가 먹고 내 케이크는 나와 엄마가 먹었다. 다른 집은 안 그런다는 건 알지만 우린 쌍둥이니까 그런 거라고 생각했다.

여섯 살 생일에 할머니가 처음으로 우리 집에 왔다. 근처에 사는 다정한 외할아버지 외할머니와는 달리 1년에 두 번밖에 만나지 않는 할머니의 방문은 예정에 없던 일이었다. 엄마는 할머니가 시켜서 장을 보러 나갔고, 동생도 엄마를 따라갔다. 좋아하는 애니메이션을 보느라 집에 남았던 나는 곧 나도 따라갈 걸 그랬다고 후회했다.

"내년이면 벌써 초등학생인데 무슨 만화영화야……. 여전히 아기 같구나. 창피하지도 않니?"

동생을 편애하는 분이라 불편하고 싫었지만 집안의 문이라는 문은 죄다 열어젖히는 모습을 보니 뭔가 나쁜 것에 씌기라도 한 건 아닌지 무서웠다. 마침 애니메이션도 악마가 인간을 꼬드겨 나쁜 짓을 하게 만드는 이야기였다.

냉장고에 있는 동생 케이크를 발견한 할머니가 대뜸 부엌칼로 자르려고 드는 바람에 급히 말렸다. 케이크는 다 함께 모여서 축하한 다음에 먹는 것이다. 몇 번이나 "안 돼요!"라고 말렸지만 할머니는 아랑곳없이 케이크를 잘라서 접시에 담았다.

"자, 먹어라."

"내 케이크는 하얀 딸기 케이크인데……?"
"저런 보기 흉한 케이크는 안 먹어도 된다."
그 단호하고 매몰찬 말에 눈물이 날 것 같았다. 물론 내 케이크는 케이크 시트가 쓰고 퍽퍽해서 항상 우유와 함께 넘겨야 했다. 하지만 엄마가 만들어 준 나를 위한 케이크라서, 이 케이크를 먹는 동안에는 엄마를 독점하는 듯한 기분이 들어서 무척 좋았다.
할머니는 덥석덥석 케이크를 먹었다. 맛있게 먹는 얼굴이 아빠와 비슷했다. 어떤 맛인지 궁금해서 그만 먹어버리고 말았다. 놀라웠다. 너무너무 맛있었다. 포크가 쉽게 들어가는 폭신폭신한 케이크 시트도, 새콤달콤한 딸기도. 행복한 단맛이 몸 안에 퍼졌다.
동생이랑 아빠만 이런 걸 먹었단 말이야……? 망연자실해 있을 때 엄마가 돌아왔다.
"그거 봐, 먹잖니. 편식은 안 좋아."
할머니의 말에 엄마는 내가 먹던 케이크를 보고 눈을 동그랗게 떴다. 그리고 내 팔을 힘껏 잡아당겨 차에 태웠다. 그동안 한마디도 하지 않는 엄마가 무서웠다.
나는 이런저런 검사를 받았다. 이윽고 집으로 돌아온 아빠는 엄마와 복도에서 말다툼을 벌였다.
"이렇게 일을 크게 벌이다니, 우리 어머니 보란 듯이 이러는 거야?"

아빠가 고함을 치자 엄마는 소리 죽여 울었다. 모처럼 생일 파티였는데. 내가 동생 케이크를 먹는 바람에 이렇게 된 거라는 생각에 슬펐다.

초등학교에 들어가고 이듬해부터 우리 집 생일 케이크는 더 이상 두 개가 아니게 되었다. 가게에서 사 온 케이크 단 하나뿐. 동생이 먹던 것과 똑같은 빨간 딸기 데커레이션케이크.

엄마가 내 몫을 잘라 줬지만 어떡해야 좋을지 알 수 없었다. 왜냐하면 이건 내 케이크가 아니었으니까. 당황해서 엄마를 쳐다보자 엄마는 가게에서 사 온 케이크를 먹었다.

"아아, 맛있어."

안심한 듯이 중얼거리는 엄마를 보고 충격을 받았다.

엄마도 내 케이크는 맛이 없었던 거다. 그럼 어째서 계속 그 케이크를 만들었던 걸까? 왜 올해는 만들지 않은 걸까?

그때 물어볼 걸 그랬다. 아직까지 계속 고민하게 될 줄 알았다면. 하지만 만약 시간을 되돌릴 수 있다 해도 역시 물어보지 못했을 것이다.

계속 나한테만 맛없는 걸 먹인 것은 괴롭힘이나 마찬가지다. 엄마의 사랑이 동생에게만 쏠려 있다는 말을 확실하게 듣는 것이 무섭다.

그 뒤로 할머니 댁에는 아빠 혼자 가게 되었고, 그 일은 아예 입에 올려서도 안 되는 분위기가 형성되었다.

몇 번인가 말을 더듬거리며 간신히 이야기를 마쳤다. 코바야시 씨는 조용히 귀를 기울여 줬다.

"난 케이크가 좋아요. 케이크를 먹으면 굉장히 행복해져요. 하지만 언제나 마음속 어딘가에서 그때 그건 뭐였을까? 라는 의문이 들어요. 뭔가 의미가 있지 않을까 계속 기대하며 찾아다녔죠. 하지만 없었어요. 케이크 시트까지 하얀 데커레이션 케이크 같은 건. 애초에 다 익지도 않은 하얀 딸기를 사용할 리가 없죠."

"……참고로 생일은 몇 월이지?"

"5월이에요."

"흐응, 고생하셨겠군."

뭐가요? 라고 물으려 했지만 그보다 먼저 그가 생각에 잠긴 듯이 턱에 손을 댔다. 그리고 문득 생각난 것처럼 "음." 하고 중얼거렸다. 뒤이어 흘러나올 말을 기대하며 기다렸지만 아무 말도 없었다. 그가 또다시 내게 손을 내밀었다.

"들어 줬으니까 카드 돌려주겠어?"

맥이 빠졌다. 이 타이밍에 이러기냐?

"뭔가 알아낸 거죠? 가르쳐 주세요!"

"……가르쳐 주면 만들어 달라고 할 거잖아?"

"만들 수 있나요?"

깜짝 놀라서 되묻자 그는 가볍게 혀를 찼다.

"……내 무덤을 팠군."

"만들어 주세요! 만들어 주면 안 돼요?"

"거절한다."

"왜요?"

10년 넘게 품어온 고민이 눈앞의 그에게 달려 있다. 하지만 그는 시큰둥했다.

"나는 전 세계의 남자들을 위해 실력을 연마하고 있으니까."

엄숙한 표정으로 말하는 바람에 더욱 화가 났다.

이런 방법은 쓰고 싶지 않았지만 상대가 상대인 만큼 어쩔 수 없다. 나는 스마트폰을 꺼내서 *미토 코몬의 인롱처럼 들어 올렸다.

"부탁을 들어주지 않으면 이 가게를 맛집 사이트에 올릴 거예요!"

힘주어 말했지만 그는 코웃음을 쳤다.

"우리 손님들은 인터넷을 잘 사용하지 않는 시니어 세대가 많아. 원래 회원에게 소개를 받는 시스템이라 아무래도 상관없어."

---

* 미토 코몬(水戸黃門): 에도 시대의 실존 인물을 바탕으로 하는 일본의 텔레비전 사극. 신분을 숨긴 높으신 분이 시정을 돌아다니며 탐관오리나 사건 사고 등을 해결하며, 인롱은 자신의 정체를 드러낼 때 쓰는 극중 장치.

예상했던 대답이다. 나는 인생 최고로 의기양양한 표정을 지었다.

"악평이 아니라 극찬 댓글을 달면 어떨까요? 한적한 주택가에 있는 차분한 분위기의 가게, 이트인도 가능하고 마치 보석처럼 근사한 케이크들을 만날 수 있다고 쓰면? 코바야시 씨는 여고생의 파급력을 두려워하시죠? 어디 실제로 증명해 볼까요?"

"머리를 썼군……."

"거기다! S기질이 있는 육식계 미남 파티시에가 있다고 쓰기라도 하면!"

나는 이때다 하고 말했다. 협박이라는 건 알지만 한 방 먹여 주니 조금 기분이 좋았다.

코바야시 씨는 깊게 한숨을 쉬며 나를 노려보았다. 나는 부적처럼 벚꽃 쿠키가 담긴 종이봉투와 샵 카드를 그에게 보였다. 한참 시간이 흐른 후 그는 마지못해 말했다.

"알았어……. 만들면 돌려줄 거지?"

"네, 물론이죠."

"그럼 다음 주 오늘. 영업 전 9시에 와. 시기적으로 힘들지도 모르지만 준비해 놓을게."

막상 바람이 이루어지자 조금 미안했다. 내 생각만 하고 저질렀지만 상대는 프로 파티시에, 게다가 다친 사람이다.

"저어, 혹시 도울 일이 있으면 말씀하세요."

"사진이나 빨리 찾아서 보내."

LINE을 교환하자 그가 의아한 얼굴로 물었다.

"'*모모'? 복숭아를 좋아하나? 만드는 김에 넣을까?"

"아니에요. 제 이름이에요. 일백 백(百)자를 쓰고 모모라고 읽어요. 넣지 않아도 돼요."

"동생 마키노는 쇼우(祥)지? 합쳐서 백상(百祥)인가."

나는 고개를 끄덕였다. 백상은 '행복이 가득하다'를 뜻하는 말이다. 참고로 쇼우(祥)에는 '행복'이나 '상서로운 일'이라는 뜻이 있다. 좋은 이름이라고 칭찬받는 동생과는 달리 내 이름은 곧잘 놀림을 받곤 했다.

"모모는 복숭아를 좋아해."

급식에 복숭아가 나올 때마다 남자애들이 놀리는 바람에 복숭아가 싫어졌고 선생님들은,

"쇼우와는 달리 좀처럼 100점을 못 받는구나."

라며 한숨을 쉬곤 했다.

"하얀 케이크가 제일 싫은 건…… 이름이 모모(百)이고 한자 부수가 '흰 백(白)'이기 때문이에요."

"왜 싫지?"

"너무 단순하잖아요."

뚱한 얼굴로 입술을 삐죽 내밀었다.

---

* 모모는 일본어로 복숭아를 뜻한다.

“흰색은 결혼식을 대표할 만큼 깨끗한 이미지가 있지. 나쁘지 않은 이유 같은데.”

그는 놀리는 게 아니라 진지한 목소리로 말했다.

지금까지 계속 못되게 굴었던 사람에게 칭찬을 받자 순간 어떻게 반응해야 좋을지 알 수 없었다. 이게 갭 효과라는 걸까. 왠지 분하다.

“다시 한번 확인하는데, 케이크 시트가 쓰고 퍼석거렸나?”

“네.”

“당일에 만들었어? 아니면 냉장고에서 차게 식혔나?”

“당일 아침에 만들었을 거예요. 저녁을 겸해서 외할아버지랑 외할머니도 오실 예정이었어요.”

“알았어. 사진 빨리 보내 주고 오늘은 이만 돌아가라.”

그가 쉿쉿 쫓아내듯 손짓하며 말했다. 우습게도 그 태도에 조금 마음이 놓였다. 나는 그를 향해 꾸벅 머리를 숙였다.

“얘기를 들어주셔서 고맙습니다.”

“아직 해결된 건 아니잖아?”

“그래도 마음이 조금 편해졌어요.”

친구에게도 얘기한 적이 없었다. 잘 얘기할 자신도 없었고 위로도 격려도 원치 않았으니까. 하지만 사실은 계속 누군가에게 털어놓고 싶었다는 사실을 깨달았다.

얘기하기 전보다 마음이 조금 가볍다.

“그 쿠키는 *센차하고도 잘 어울려. 가벼운 식감으로 만들었으니까.”

그런 조언까지 해 준 것이 그에게 손님으로 인정받은 것 같아서 기뻤다.

“알겠어요! 맛있게 먹을게요. 그리고 사진도 보낼게요.”

생긋 웃으며 가게를 나왔다. 어제처럼 웃는 얼굴은 아니었지만 문이 닫힐 때 그가 작게 손을 흔들어 줬다.

집으로 돌아오자마자 앨범을 끄집어냈다.

갓난아기 때는 똑같은 옷을 입혀놓아서 동생과 구분이 가지 않았다. 페이지를 넘기다가 ‘한 살 생일’ 이라고 적힌 사진을 발견했다.

“……?”

케이크가 하나뿐이었다. 아라비아 숫자 ‘1’ 모양의 케이크. 딸기는 장식되어 있지 않았다. 이상하게 생각하며 촬영을 해서 코바야시 씨한테 보냈다. 잠시 후 답장이 왔다.

「한 살 때는 부모님밖에 못 먹으니까.」

무슨 뜻이지? 라고 고개를 갸웃거리자 그 의문을 미리 짐작한 것처럼 또다시 답장이 왔다.

「한 살이면 이가 다 나지 않아서 아직 이유식을 먹을 때잖아.」

* 센차(煎茶): 일본의 대표적 녹차. 덮개를 씌우지 않고 생육시킨 찻잎을 따서 만든다.

그렇구나! 수긍하며 또다시 페이지를 넘겼다.

두 살 생일은 컵케이크.

세 살 생일은 롤 케이크. 드디어 생지의 색이 다른 게 보였다. 동생은 노란색이고 나는 흰색. 하지만 딸기는 둘 다 빨간색이었다.

네 살 때 겨우 데커레이션케이크가 등장했지만 이것도 빨간색.

다섯 살 때 데커레이션케이크의 딸기가 겨우 흰색으로 변했다.

기억 속에서 내 케이크는 전부 흰색이었는데 실제로 그런 케이크는 두 번뿐이었구나. 놀랍다. 전부 사진을 찍어서 보냈지만 손님을 상대하느라 바쁜지 답장은 오지 않았다. 섭섭해하며 페이지를 넘기자 입학식 사진이 나왔다.

어라, 못 보고 지나쳤나? 다시 넘겨봤지만 여섯 살 때 사진이 없는 이유는 금방 알 수 있었다. 다 같이 케이크를 먹지 않았기 때문이다.

코바야시 씨가 사진을 보내라고 했는데 나는 그것조차 제대로 못하네. 실망스러웠지만 힌트를 찾을 생각으로 다시 한번 한 살부터 다섯 살까지 케이크를 살펴봤다.

이렇게 보니 엄마의 기술이 발전하는 역사를 보는 느낌이었다. 실제로는 맛없었으니까 발전은 아닐지도 모른다. 하지만 동생 건 맛있었다.

아, 안 되겠다. 이대로는 자꾸 우울해질 것 같다.

벚꽃 쿠키를 들고 센차를 찾아 부엌으로 향했다. 평소에는 보리차 정도밖에 마시지 않다 보니 찻주전자가 어디 있는지 모르겠다. 기분 전환 삼아 편의점에 갈까 하고 뒤를 돌아본 순간 엄마와 눈이 마주쳤다. 나쁜 짓을 한 것도 아닌데 심장이 덜컹했다.

"뭐 찾니?"

온화한 목소리로 묻는 말에 "찻주전자……."라고 대답했다.

"웬일이니. 차를 타 줄까?"

"……응."

내가 할 수 있다고 말하고 싶었지만 타는 법을 모른다. 추천해 준 조합으로 먹는 것이 코바야시 씨에게 은혜를 갚는 길 아닐까.

거실로 이동해서 센차를 타 준 보답으로 벚꽃 쿠키 하나를 건넸다.

"아, 맛있네. 이거 어느 가게니?"

"비밀."

"또 사 오렴."

그렇게 말하며 엄마는 물끄러미 내 얼굴을 바라보았다. 어젯밤 내 머리 모양을 본 동생이 "따라 하지 마!"라고 하는 바람에 무심코 경계했다.

"역시 여자애구나. 어릴 때는 종종 쇼우랑 헷갈렸는데 얼굴선이 부드러워졌어."

"그런 말을 하는 사람은 엄마밖에 없어……."

"다른 사람들이 보는 눈이 없는 거야."

엄마는 웃어넘기며 센차를 홀짝였다. 주위에서는 못난 누나와 잘난 동생이라고 툭하면 우리 둘을 비교하지만 엄마는 옛날부터 다정했다.

나도 16살이나 먹은 만큼 사람에게는 좋고 싫음뿐만 아니라 상성이 있다는 걸 알고 있다.

엄마를 좋아하지만 함께 있으면 괴롭다.

만약 엄마가 나를 싫어하고 나랑 안 맞는다고 생각하더라도 케이크를 제외하면 동생과 차별 없이 키워 준 것은 고맙게 생각한다.

나를 싫어하는 걸 알지만 안다는 걸 겉으로 드러내지 않는 것이 내가 엄마의 고마움에 보답하는 길이다. 하지만 그게 가끔은 굉장히 숨 막히게 느껴진다.

――♪

문득 벨소리가 울렸다. 스마트폰을 본 순간 어깨의 힘이 훅 빠져나갔다.

「확증이 생겼어. 다음 주에는 늦지 마라, 모모.」

모모라. 코바야시 씨는 나를 이름으로 부르는구나.

"남자 친구가 보낸 거니?"

엄마가 휴대폰을 들여다보려고 해서 얼른 숨겼다.

"웨, 웬 남자 친구?"

"굉장히 기뻐 보여서. 무슨 메시지야?"

웃으며 묻는 엄마에게 뭐라고 대답해야 할지 알 수 없었다. 엄마는 아무리 부정해도 믿어 주지 않고 저녁을 먹을 때도 그 얘기를 꺼냈다.

그 뒤로 일주일 동안 꽤나 괴로웠다.

같은 초등학교와 중학교를 나온 아이는 "쇼우가 여장한 것 같은 모습으로 다니지 마!"라며 화를 냈고 고등학교에 들어와서 친해진 아이에게는 남장미인 취급을 당했다. 짓궂은 장난기가 발동한 시호가 머리핀을 빼앗고 헤어스프레이로 남자처럼 앞머리를 만져 줬다.

곧 질릴 줄 알았지만 다른 교실에서 나를 보러 오는 구경꾼들은 나날이 늘어갔다. 인생 첫 러브레터는 여자아이한테 받았다. 동생의 인기가 뼈저리게 실감됐다.

봄은커녕 청춘 시대 암흑기에 돌입한 기분이다. 내 희망은 코바야시 씨뿐이었다.

3

토요일에는 평소보다 이른 6시에 일어났다. 움직이기 편한 밝은 파란색 데님 재킷에 청바지를 입고 버스비를 절약하기 위해 걸어갔다.

동생으로 착각해서 말을 거는 할아버지, 할머니들께 인사를 하면서 가게로 향했다. 가게에 도착한 시각은 예정보다 이른 8시 40분. 근처에서 시간을 때울까 하고 있을 때 안에서 문이 열렸다.

"들어와."

"어떻게 알았어요?"

"창문에서 빛이 안 들어오고 사람 그림자가 거기서 움직이질 않길래 네가 온 줄 알았지."

초대하듯 문을 활짝 열며 그가 말했다.

내가 묻고 싶은 건 '어떻게 누가 온 줄 알았어요?' 가 아니라 '어떻게 나인 줄 알았어요?' 였다. 오늘 내 옷차림은 동생과 비슷하다. 첫눈에 나라는 걸 알아줘서 기뻤다. 하지만 '약속했으니까' 라고 대답하면 조금 서운할 것 같아서 묻지 않았다.

안쪽 주방의 조명만이 덩그러니 밝혀져 있는 가게 안에 작은 창문에서 빛이 새어 들어왔다. 스포트라이트처럼 햇빛이 비추는 곳에는 테이블과 의자가 두 개 놓여 있었다.

그는 지난번처럼 다리를 끌면서 주방으로 들어갔다. 그 모습을 보자 가슴이 욱신대며 아팠다. 별것 아니라고 했지만 역시 힘들었구나. 주방에 들어가서 도우려고 했지만 그가 손을 들어 막았다.

"위생상 문제가 있어서 안 돼."

도우려다가 오히려 귀찮게만 하고 말았다. 나는 시무룩하게 의자에 앉았다. 얼마 후 그가 테이블에 접시를 놓았다. 하얀 딸기와 케이크 시트까지 하얀 쇼트케이크였다.

"이거예요!"

저도 모르게 손가락으로 가리키며 말하자 그는 자랑스럽게 입꼬리를 올렸다.

"먹어 봐."

계속 고대했던 케이크가 눈앞에 있다. 심장이 너무 두근두근 세차게 울려서 아플 만큼 긴장하며 포크를 쥐었다. 단단한 케이크 시트. 꾸욱꾸욱 힘을 줘서 한입 크기로 자른 다음 머뭇머뭇 입에 넣었다. 깨물자 퍼석퍼석하고 살짝 씁쓸한 맛이 났다.

맛있게 생겼지만 맛이 없다. 하지만 이게 내가 찾던 맛이다. 그리운 맛. 그날의 일이 마치 영화를 보는 것처럼 차례차례 머릿속을 흘러갔다.

"……이걸 먹고 싶었어요."

작게 중얼거린 순간 감정과 말이 흘러넘쳐서 멈출 수가 없었다.

"맛없죠? 하지만 이게 내 케이크예요. 엄마가 나를 위해 만들어 준 케이크예요. 만들어 줬는데 먹을 수가 없어서……. 엄마는 내가 싫어서 계속 이 케이크를 만들어 줬는지도 모르는데 나는 계속 이게 먹고 싶었어요. 이상하죠."

말을 하면서도 내가 지금 어떤 표정을 짓고 있는지 알 수 없었다. 기쁨과 쓸쓸함이 반반씩 느껴졌다. 내가 생각해도 한심해서 웃고 말았다.

하지만 코바야시 씨는 그런 나를 놀리지 않고 말했다.

"너, 케이크 만들어 본 적 있어?"

"없어요."

"그렇겠지. 이걸 봐."

그가 들고 온 것은 레시피 책이었다. 오랫동안 사용했던 책인지 메모가 가득했다. 그가 "여길 봐."라면서 재료를 가리켰다.

"시트를 노랗게 만드는 건 이 중에서 뭘까?"

"박력분, 설탕, 달걀, 버터……. 달걀인가요?"

"그래. 특히 노른자. 하얀 생지라는 말을 듣고 제일 먼저 그걸 떠올렸지. 하지만 흰자만 사용하는 케이크도 있고 노른자까지 하얀 달걀을 팔기도 하니까 그 정도로 하얀 케이크에 집착했다면 나머지 케이크도 똑같이 만들었을 거야. 그래서 달걀을 사용하지 않는 케이크를 조사했지. 먼저 시립도서관에서 10년 이상 전에 발행된 책을 찾아보고 다음은 인터넷을 뒤져 봤어. 이쪽도 10년 이상 전에 올라온 걸로 범위를 좁혔지."

"일부러 조사한 건가요?"

"안 그러면 만들 수가 없잖아."

갑자기 부끄러워졌다. 내가 조사한 수준으로는 너무 부족했었구나.

"몇 가지 레시피를 살펴봤는데 네가 말한 '씁쓸한 맛'을 힌트로 삼았어. 달걀은 거품이 나는 성질로 반죽을 부풀리는 역할을 하지. 달걀을 사용하지 않는 대신 반죽을 부풀리기 위해 탄산수소나트륨을 많이 사용하는 레시피를 블로그 기사에서 발견했어. 내가 참고한 레시피가 정답인지 아닌지는 네가 직접 어머니께 물어봐. 하지만 이걸 참고했다면 너희 어머니는 잘못이 없어."

"어째서요?"

깜짝 놀라서 묻자 그는 프린트한 종이를 넘기며 사진을 가리켰다.

"반죽을 너무 많이 저었거든. 모처럼 생긴 기포가 꺼졌잖아."

"그럼 어떻게 되죠?"

"먹어 봐서 알잖아? 반죽이 부풀지 않아. 게다가 냉장고에 넣어 두는 바람에 더욱 단단해졌지. 이 블로거는 성공했지만 아마 능숙해서 그럴 거야. 초보자가 실패하지 않으려고 지나치게 정성껏 만들면 더더욱 실패하게 되어 있지."

"하지만 동생 케이크는 맛있게 만들었…… 읍!"

아직 믿기지 않는 기분으로 말꼬리를 흐리는 내 입안에 그가 쇼트케이크에 장식되어 있던 하얀 딸기를 밀어 넣었다. 어리둥절했지만 뱉을 수도 없어서 그냥 씹었다. 시큼해 보이는 생김새와는 달리 깜짝 놀랄 만큼 달았다.

"너는 '쓰고', '퍼석거렸다' 고 했지만 '단맛' 에는 불만이 없었어. 딸기와 생크림에는 문제가 없었기 때문이야. 보통 딸기의 당도는 10도 정도. 하지만 이 하얀 딸기는 12도. 일반적으로 시중에 나오는 시기는 12월부터 4월까지. 구하려면 아슬아슬했겠지. 그걸 5월에 구했다는 게 뭘 뜻하는지 알아?"

이해할 수 없어서 고개를 저었다. 그는 스마트폰을 꺼내서 사진을 보여 줬다. 내 5살 생일 사진이다. 하얀 딸기 케이크와 내가 웃는 얼굴로 찍혀 있는 처음이자 마지막 사진.

"그냥 단순히 농가에 열심히 부탁한 거야. 당신이 만든 케이크 시트가 맛이 없다는 걸 알고 있었겠지. 그래서 하다못해 맛있는 딸기를 찾은 거야. 너희 어머니는 사람의 마음을 움직일 만큼 열정적으로 이 케이크를 만드신 거다."

그가 강한 어조로 말했다. 왜 모르느냐고 짜증을 내는 것 같았다. 당황하는 나를 바라보며 그는 말을 이었다.

"달걀을 사용하지 않은 건 사용할 수 없었기 때문이야. 어린 너는 달걀 알레르기였어."

"어. 먹을 수 있는데요?"

"그러니까 옛날에 말이야. 소화기관이 발달하면서 증상이 완화되는 케이스가 있어. 그렇게 가정하면 앞뒤가 맞아."

어째서인지 순간 그의 말투가 무거워졌다. 답답한 마음에 재촉하고 말았다.

“앞뒤가 맞다니요?”

그러자 그는 깊은 한숨을 쉬었다. 그리고 마지못한 얼굴로 “어디까지나 추측이지만.”이라고 운을 뗐다.

“……친가 쪽 할머니와 소원해진 건 그분이 너에게 달걀을 먹였기 때문 아닐까? 그때 네가 괴로워하는 모습이 어머니한테 트라우마가 된 거야. 여섯 살인 네가 달걀이 들어간 케이크를 먹고 이상이 생기지 않아서 그나마 다행이었지만 그래도 위기감 없는 아버지와 말다툼은 했겠지.”

확실히 그렇게 생각하면 다 이해가 된다. 그가 말하기 껄끄러워한 이유도. 이건 케이크 얘기가 아니라 우리 집 가정 문제다.

알레르기에 이해가 부족한 담임이 학생에게 알레르기를 유발하는 음식을 먹여서 사망에 이르게 한 뉴스를 본 적이 있다. 남의 일인 줄만 알았는데 이제 와서야 소름이 끼쳤다.

엄마는 나한테 화가 난 게 아니었다.

그뿐인가, 나를 지키려고 필사적이었다.

그 사실을 깨달은 나는 다시 포크를 움켜잡고 케이크를 먹었다. 역시 쓰고 퍼석거린다. 억지로 삼킨 순간 눈물이 흘러나왔다. 남 앞에서 울다니 꼴불견이다.

한번 울음보가 터지자 걷잡을 수 없이 눈물이 쏟아졌다. 코를 훌쩍이며 다시 한입 먹었다. 생크림도 딸기도 맛있었다.

울면서 케이크를 먹는 내가 어이없었는지 코바야시 씨는 테이블을 떠났다. 곧 질질 끄는 듯한 발소리가 돌아왔다. 코바야시 씨는 컵에 따른 우유 두 잔을 테이블에 올려놓고 의자에 앉아서 새로 가져온 하얀 딸기 쇼트케이크를 먹기 시작했다.

"어째서……?"

어리둥절하며 묻자 그는 케이크가 쓴지 얼굴을 일그러뜨렸다.

"홀케이크 하나를 통째로 만들었으니까."

"전부 제가 먹을게요!"

"어두운 얼굴로 먹으면 케이크도 기쁘지 않을걸."

그쪽이야말로, 라고 말하고 싶었지만 잠자코 먹었다. 생일 케이크는 혼자 먹는 것보다 둘이 먹는 게 더 맛있으니까. 히죽 웃는 내게 그는 눈살을 찌푸린 채 말했다.

"한 종류 더 있으니까 배를 비워 둬. 재료를 예상보다 많이 사는 바람에 하얀 딸기 케이크를 팔기로 했거든."

재고를 떠올린 것일까, 그는 문득 아련한 눈빛으로 말했다. 점점 미안했다.

그는 입을 크게 벌려 케이크를 모조리 해치웠다. 마침 나도 접시를 비우자 그는 또다시 케이크를 갖고 왔다. 놀랄 만큼 아름다운 케이크였다. 엄마가 만든 것을 재현한 케이크도 확실히 하얗지만 사실 평범한 케이크 시트에 비해 하얗게 보이는 것뿐이었다. 하지만 이번 케이크는 눈을 뭉쳐서 만든 것처럼 새하얗다.

"왜 이렇게 하얀 거죠?"

"우유에서 나온 유청 단백질을 사용했기 때문이지. 알기 쉽게 예를 들자면 요구르트 위에 생기는 맑은 액체도 유청이야. 거품이 나는 성질이 있어서 달걀 대신 쓸 수 있지."

"먹기 아깝네요."

"케이크는 먹으라고 있는 거야."

최상급 칭찬으로 한 말인데 쌀쌀맞기는.

포크를 댄 순간부터 느껴지는 감촉이 다르다. 적당한 탄력과 함께 포크가 스윽 케이크 시트를 파고든다.

어떤 맛일까? 요구르트 맛? 그런 상상은 곧 날아갔다.

뭐야, 이거…….

맛에 악센트를 주는 딸기의 식감과 과실의 달콤함, 사르르 녹는 생크림. 그리고 무엇보다 케이크 시트가 지금까지 먹어 본 어떤 쇼트케이크보다 섬세하고 부드럽다. 입안에서 모든 것이 하나가 되어 부드러운 달콤함의 하모니를 이뤘다. 겉모습 이상으로 임팩트 있는 맛이다.

마치 동화에 나오는 음식처럼 예쁘면서 신기하게도 어딘가 그리운 느낌이 들었다.

"맛있어요……. 그런데."

어떻게 말을 이어야 할지 알 수 없었다.

처음 먹어 보는 맛이 그리운 건 어째서인가요? 그렇게 물으면 질문을 받은 쪽이 난처하겠지. 말을 하려다 입을 다물어 버린 내게 코바야시 씨가 물었다.

"뭐가 부족해?"

"아니에요! 먹어 본 적이 없는데 아는 맛 같은 기분이 들거든요……. 근데 그걸 잘 설명할 수가 없어서요."

"풍미를 더해 주는 시럽을 케이크 시트에 바르지 않아서 그럴지도 몰라. 딸기 맛을 살리기 위해서 크림에 과즙을 넣는 것도 실험해 봤는데 결국 그대로 사용했어. 먼저 먹어 본 케이크와 구조는 비슷해."

같은 딸기를 사용한 것과 시럽을 사용하지 않은 것. 그게 그리운 맛의 정체일까……? 일리 있는 설명이고 그게 정답인 것 같기도 하다.

나머지 케이크를 맛있게 먹고 있을 때 입가에 미소를 짓는 코바야시 씨가 문득 눈에 들어왔다. 지금까지 봤던 잘난 척하거나 의기양양해 보이거나 사람들에게 보여 주는 접대용 미소가 아닌, 지극히 자연스러운 표정. 이런 표정도 짓는구나 싶어서 충격을 받다가 문득 겨우 깨달았다.

그리움의 정체는 처음 딸기 케이크를 먹었을 때 느꼈던 감동이다.

이렇게 맛있는 게 있다니 하고 세상이 환하게 빛나 보였다. 생일이 다가오면 케이크를 먹을 수 있다는 것만으로 매일매일 즐거웠다.

재료도 같고 초보자도 쉽게 만들 수 있는 구조에 가까웠기에 더더욱 코바야시 씨의 기술이 얼마나 대단한지 알 수 있었다. 그가 만든 새하얀 딸기 케이크를 내년 봄에도 먹을 수 있다면 암흑시대에 돌입한 학교 생활도 힘낼 수 있을 것 같다.

"이 케이크 이름은 뭔가요?"

"아직 안 정했어. 계절 한정이라는 걸 강조하는 게 좋을까. 아니면 흰색이니까 순백…… 아니, 이 나이를 먹고 그런 소릴 하긴 부끄럽군."

그는 작게 중얼거리며 쥐고 있던 펜을 지휘봉처럼 움직였다. 나라면 뭐라고 이름을 지을까. 오히려 순백이라고 지을지도 몰라.

"아, 4월의 스노우화이트 케이크는? 어감이 좋은데."

그가 그렇게 말하며 나를 보았다. 가슴이 두근거렸다. 내 추억을 토대로 만든 케이크에 설마 '백설공주' 같은 귀여운 이름을 지어 줄 줄이야.

"조금 크리스마스 같지 않나요?"

왠지 자신의 일처럼 쑥스러워서 그렇게 반대하자 그는,

"그 미스매치가 좋은 거야. 대화의 계기가 되어 주잖아?"

라며 웃었다.

나한테는 심술만 부리는 주제에 케이크 얘기를 할 때는 눈이 반짝반짝 빛난다. 정말로 케이크를 좋아하나 보다.

문득 둔탁한 진동 소리가 울렸다. 청바지 주머니에서 스마트폰을 꺼내자 시호한테 메시지가 와 있었다. 하지만 메시지 내용보다 먼저 눈에 들어온 것은 시간이었다. 9시 30분. 시시각각 영업시간이 다가오고 있다. 이 가게의 케이크를 기다리고 있는 것은 나뿐만이 아니다.

"저어, 얼마 드리면 될까요?"

저금을 찾아오긴 했지만 회원제 가게에 지불해야 할 금액이 얼마쯤인지 예상이 가지 않는다. 부족하면 편의점에 달려갈 각오쯤은 하고 있다.

하지만 그는 조용히 고개를 저었다.

"필요 없어. 입막음 값으로는 싼 편이니까."

그렇게 말하며 그는 내게 오른손을 내밀었다. 나는 개가 재롱을 떠는 것처럼 그 손 위에 오른손을 얹었다.

"이봐."

위협하는 듯한 저음과 함께 그가 내 손을 뿌리쳤다. 카드를 넘기면 이젠 이 구박도 들을 수 없겠지. 쓸쓸하다. 무엇보다 케이크를 만들어 준 은혜조차 갚지 못한 채 헤어지긴 싫다. 지난번 방법은 이제 절대로 써먹을 수 없으니까 잘 생각해 봐, 모모!

주위를 둘러보다 문득 빈 접시에 눈이 멎었다. 순간 퍼뜩 떠올랐다.

“절 이 가게에 고용해 주시지 않을래요……?”

코바야시 씨는 멍하니 입을 벌리며 나를 바라보았다. 한참 시간이 흐른 뒤 기가 막힌 듯이 중얼거렸다.

“나는 더 이상 오지 말았으면 해서 샵 카드를 돌려 달라고 하는 거야. 어떤 사고회로를 가졌길래 그런 소릴 하는 거지?”

“그치만 코바야시 씨는 지금 다리를 다쳐서 불편하잖아요? 이트인 손님도 거절하고 지금도 다리를 절고 있고……. 그런데도 절 위해서 열심히 애써 줬잖아요.”

“널 위해서가 아니야. 가게를 지키기 위해서야.”

“그럼 더더욱! 손님들을 위해 절 고용해 주세요.”

나답지 않은 짓을 하고 있다는 건 안다. 멋대로 고집을 부려서 그를 난처하게 만드는 것뿐일지도 모른다. 하지만 이게 코바야시 씨와 만나는 마지막 날일지도 모른다고 생각하니 참을 수 없었다.

“맛있는 케이크를 파는 가게도 있고 친절한 점원이 있는 가게도 있지만, 그렇지만 여기가 좋아요. 코바야시 씨와 코바야시 씨가 만든 케이크와 가게와 손님들. 전부 좋아요.”

머리에서 김이 나오지 않을까 싶을 만큼 얼굴이 뜨겁다. 하지만 냉정한 그는 타이르듯 천천히 대답했다.

"여자가 있으면 케이크를 꿈꾸는 신사들이 마음껏 즐길 수 없어."

알고는 있었지만 새삼 그 말을 들으니 침울해졌다. 어깨를 떨구며 고개를 숙이자 볼록한 데님 재킷 주머니가 보였다. 집에서 여기까지 오는 동안 사람들이 나를 동생으로 착각해서 쥐여 준 과자가 들어 있었다.

내가 여자라서 안 된다면……?

만에 하나의 가능성에 걸고 번쩍 고개를 들었다.

"그럼 남자라면 고용해 주실 건가요!"

코바야시 씨가 마시던 우유를 뿜었다. 그가 등을 굽히고 눈을 끔뻑거리며 겨우 뱉은 말은 단 한 마디였다.

"뭐?"

"보세요! 제가 여자로 보이나요?"

"네 입으로 말해놓고 허탈하지 않냐……?"

"오늘은 괜찮아요!"

거짓말이다. 조금 슬프다.

상처받은 소녀의 마음을 안고 가슴을 펴자 그는 뭔가 말하고 싶은 것처럼 입을 열었지만 결국 한숨만 쉬었다. 마침내 핀잔을 줄 기력도 떨어진 모양이다.

나는 쐐기를 박듯이 주머니 속 물건을 테이블에 꺼냈다. 밤만주, 황금당 사탕×2, 홍차맛 엿, 한천 젤리, 송로 과자.

"집에서 1시간 반 정도 걸어오면서 받은 거예요. 동생으로 착각해서요. 아니라고 해도 사양하지 말라면서 억지로 쑤셔 넣더군요. 다시 말해서, 목소리로는 들키지 않아요. 코바야시 씨도 눈치채지 못했잖아요?"

"변성기 전이면 있을 수 있는 목소리니까……."

변명처럼 말한 후에야 그게 내 등을 떠밀어 주는 말이라는 것을 깨달았는지 그는 벌레라도 씹은 것처럼 얼굴을 찡그렸다. 나는 이때다 싶어 머리를 숙였다.

"코바야시 씨의 다리가 나을 때까지 만이라도 일하게 해 주세요! 세상의 스위츠 난민 남성들을 위해서!"

"남자로 아르바이트하고 싶다고 부모님께 말씀드릴 수 있어? 미성년은 동의가 필요해."

"케이크를 갖고 가면 설득할 수 있을 거예요. 추억의 케이크를 재현해 준 엄청난 실력의 파티시에가 있는 가게니까요."

"크윽……. 부정할 수 없군."

그는 낮게 신음하며 질끈 눈을 감았다. 분명 머릿속으로 저울질을 하고 있을 것이다.

손님들에 대한 서비스와 여고생 점원이라는 저울.

하지만 그라면 전자를 택할 것이다. 그런 사람이라서 이토록 끌리는 것이다.

이윽고 그가 쥐어짜는 듯한 목소리로 말했다.

"알았다……. 고용하지."

"고맙습니다!"

"말해 두지만 너희 부모님을 설득하지 못하면 고용하지 않을 거야."

"힘낼게요! 지금 당장 집에 가서 이력서 써올게요! 개점 시간에 늦지 않게."

서둘러 일어서자 코바야시 씨가 팔을 움켜잡았다. 나를 막는 커다란 손은 부서지는 물건이라도 다루는 것처럼 부드러웠다. 깜짝 놀라서 숨이 멈췄다.

"서두르지 마. 그러다 다친다."

그가 자신의 발밑으로 시선을 던졌다. 확실히 무엇보다 좋은 교재였다. 그가 손을 놓은 후에도 가슴이 두근두근 뛰었다. 내가 넋이 나간 사이에 그가 케이크를 포장해 줬다.

"오늘은 됐으니까 내일부터 나와."

"네. 그럼 내일 뵙겠습니다."

"그래, 내일 보자."

그는 지친 듯이 이마를 누르며 쇼케이스 스위치를 켰다. 조명이 켜지고 냉방 모터 소리가 작게 울리기 시작했다.

혹시, 하고 두근두근하며 그 순간을 기다렸다. 안으로 들어갔던 그가 아직 안 갔냐는 얼굴로 나를 쳐다본 후 하얀 딸기 케이크를 진열했다. 그리고 마지막으로 카드 스탠드를 놓았다.

「4월의 스노우화이트 케이크」.

마치 자로 그은 것처럼 각진 글씨체다. 입은 험하지만 성실한 그답다면 그다워서 그만 미소를 지었다. 사진을 찍고 싶은 욕구를 참으며 가게를 나왔다.

가벼운 발걸음으로 버스정류장에 도착해서 아무도 없는 벤치에 앉았다. 무릎 위에 4분의 3이 남은 홀케이크의 무게가 느껴졌다.

엄마한테 어떻게 얘기해야 할까? 고민하다가 곧 고개를 저었다. 이 케이크를 먹으면 전부 전해질 거다. 코바야시 씨의 케이크에는 그만한 힘이 있다고 믿는다.

고개를 들자 모퉁이를 돌아 이쪽으로 달려오는 버스가 보였다. 앞머리가 바람에 날려 나풀거린다. 머리가 뺨에 닿지 않는 산뜻한 감각이 기분 좋다. 그것은 마치 코바야시 씨가 나를 이름으로 불러 줬을 때 느꼈던 기분과 비슷했다.

——내일 보자.

그의 목소리가 문득 머릿속에 되살아났다. 나는 작게 고개를 끄덕였다. 내 추억의 케이크를 진화시켜 아름답게 채색해 준 사람의 가게에서 일하게 된 것이다.

따뜻한 마음과 케이크를 소중하게 끌어안으며 나는 버스에 올라탔다.

두 번째 접시

초여름의 소르베

Bienvenue à la Pâtisserie Intime!

1

아무 생각 없이 아침 뉴스를 틀었더니 오늘은 날씨가 덥다고 한다. 최고 기온 28도. 지금 4월이거든요? 깜짝 놀라서 수면 시간을 줄여 가며 생각해 둔 코디네이트를 변경하게 되었다.

오늘 패션 테마는 입고 벗기 편하지만 은근히 귀여운 스타일. 너무 힘주지 않은 것처럼 보이는 게 제일 중요하다.

어젯밤 엄마의 서명과 도장이 찍힌 이력서 사진을 코바야시 씨한테 보냈더니,

「상의는 빌려주마. 하의는 청바지나 되도록이면 검은 바지를 입도록 해. 움직이기 편한 신발을 신고 10시 30분까지 와. 문은 열어 두지.」

라는 대답이 날아왔다.

허둥지둥 유니클로에 가서 평소 입지 않는 검은 바지를 샀다. 웨이터 같아서 좀 좋다고 기뻐하다가 맞춰 입을 옷이 없다는 사실을 깨닫고 또다시 당황했다. 지금까지 긴 검은 머리에 맞춰 어른스러운 원피스나 스커트만 사는 바람에 스타일이 너무 달라서 난감하다. 결국 하얀 니트와 봄 냄새가 물씬 풍기는 물색 롱 카디건을 코디하기로 결정했는데 예상 기온 28도 때문

에 다 소용없어졌다.

고민고민한 끝에 결국 한심하게도 뻔한 반소매 후드 집업을 입었다.

나가기 전에 거울에 자신을 비춰 보았다. 자외선 차단제만 바른 민얼굴.

동경하는 양과자점에서 동경하는 사람과 일하게 되어 가슴 설레는 여고생이란 좀 더 귀여워야 되는 거 아닌가? 내가 생각해도 고개를 갸웃하게 된다. 하지만 이게 현실이다. 애초에 나는 여자로 채용된 게 아니다.

"다녀오겠습니다."

현관에서 인사하자 엄마가 허둥지둥 배웅하러 나왔다. 손에는 지갑을 쥐고 있었다.

"하얀 딸기 케이크, 오늘 사 올 수 있니? 얼마쯤 하려나?"

"몰라. 못 봤어."

"1개 500엔 정도라고 생각하면 3개에 2,000엔이면 충분하겠지. 아빠는 단 걸 안 좋아하니까."

"응."

돈을 받아 들며 단 걸 좋아하지 않더라도 먹어 봤으면 하는 맛이라고 생각했다.

"그럼 다녀오겠습니다."

"다녀오렴."

미소 짓는 엄마의 눈두덩이가 살짝 부어 있었다. 어젯밤 그 뒤로 또 울었나? 모르는 척하고 웃으며 집을 나섰다.

어제 코바야시 씨가 만들어 준 케이크를 갖고 돌아가서 엄마한테 간략하게 얘기했다.

미용실에서 돌아오는 길에 코바야시 씨를 도와 준 것. 그가 파티시에라는 것과 추억의 케이크를 재현해 달라고 부탁한 것. 내 변변찮은 힌트를 가지고 달걀 알레르기가 있는 사람을 위한 케이크라는 사실을 알아냈던 것.

그리고…… 동생과 내 생일 케이크를 따로 만들었던 건 엄마가 날 미워했기 때문이 아닐까 의심했던 것.

그때까지 내 얘기를 즐거운 듯이, 기쁜 듯이, 그리운 듯이 듣고 있던 엄마가 눈을 크게 뜨고 입술을 떨었다. 엄마의 얼굴이 급격히 창백해졌다. 곧바로 후회했다. 이런 얼굴을 보고 싶지 않아서 계속 말하지 않았던 건데.

지금은 그렇게 생각하지 않는다고 재빨리 말하는 것조차 실패했다. 10년간 쌓인 마음의 응어리가 목을 막아버렸기 때문이다.

문득 엄마가 내 손을 꼬옥 움켜잡았다. 부드러우면서도 지독히 차가운 손의 감촉에 놀랐다. 이렇게 손을 잡아 주는 건 어릴 적 이후로 처음이었다.

엄마는 커다란 눈물방울을 뚝뚝 흘리며 미소 지었다.

"계속 그렇게 생각하게 만들어서 미안해……. 몰랐어. 괴로웠지. 말해 줘서 고마워."

엄마는 떨리는 목소리로 미안하다고 되풀이했다. 순간 눈물이 왈칵 쏟아졌다. 나는 어린아이처럼 엉엉 울음을 터뜨리고 말았다.

서로 부둥켜안고 한참 운 다음, 함께 추억의 케이크를 먹었다.

"재현했다고 하기엔 너무 맛있네."

엄마가 평소처럼 밝게 웃으며 말했다. 그리고 가만가만 그날 있었던 일을 얘기해 줬다.

"어머님께 악의가 없었다는 건 알아……. 네가 두 살 때 어머님이 몰래 푸딩을 먹이는 바람에 병원에 실려 갔을 때는 나쁜 할머니라 미안하다고 울면서 사과하셨어. 하지만 그 다음 만났을 때는 싹 잊어버리고 슈크림을 주셨지. 의사가 경고를 해도 먹이다 보면 낫지 않겠느냐면서 들은 척도 안 하셨단다. 나도 화목하게 지내고 싶었지만, 너한테 무슨 일이 생길 바에는 차라리 못된 며느리가 되는 게……."

점차 목소리에 열기가 담겼다. 흥분해서 살기를 풍기다니 엄마답지 않아서 놀랐다. 그런 내 마음을 눈치챈 엄마는 아차 하며 입을 다물었다.

무거운 분위기를 바꾸기 위해 나는 웃음을 유도하며 말했다.

"이걸 만들어 준 양과자점에서 남자인 척하고 아르바이트하고 싶어!"

순조롭게 얘기를 진행하기 위해서 남자인 척한다는 부분은 말하지 않을 생각이었다. 하지만 그만 사실을 털어놓고 말았다.

엄마가 "무슨 소리니?" 하고 어리둥절하며 물었다. 나를 동생으로 착각한 게 계기라고 말하면 왠지 반대할 것 같은 기분이 들었다.

'전 세계의 스위츠 난민인 남자들을 위하여' 를 전면에 내세우며 남자 손님들이 편안하게 들렀다 갈 수 있도록 남장을 하는 거라고 설명했다. 코바야시 씨를 설득(?)할 때처럼 열심히 떠들자 엄마는 결국 웃기 시작했다.

"정말 좋은가 봐."

엄마는 코바야시 씨의 메시지를 남자 친구가 보낸 걸로 착각하는 눈치였다. 나는 당황해서 고개를 저었다.

"아, 아니! 아니야! 난 그냥 코바야시 씨한테 은혜를 갚고 싶어서."

"어머, 그러니? 엄마는 케이크가 좋은 모양이라고 말하려던 건데. 흐음? 코바야시 씨라."

엄마는 후후후 미소를 지었다. 내 무덤을 팠나……. 코바야시 씨의 심정을 알 것 같다. 한심해라……. 하지만 그 덕분인지 허락을 받아서 다행이다. 이력서에 도장을 찍으며 엄마가 중얼거렸다.

"주말 한정에 여자 금지라니 돈이 되나?"

내가 묻고 싶어도 물어보지 못했던 핵심을 거침없이 찌르는 말이었다.

"몰라. 하지만 1년 전부터 운영했대."

"영업일이 많지 않은 가게는 가끔 있지만 여자 금지는 처음 들어 봐."

"여자를 싫어하나 봐."

"너한테는 친절하게 대해 줬으면서?"

확실히 그것도 신경 쓰인다. 하지만 유감스럽게도 한 가지 가설이 있다.

"……날 여자로 보지 않으니까."

"이렇게 예쁜데?"

그건 엄마의 콩깍지랍니다.

엄마는 내가 얼마나 매력적인지 얘기하기 시작했다. 나는 부끄러워했다가 고마워했다가 역시 부끄러워하며 그 얘기를 들었다. 그건 신선한 경험이었다.

엄마의 말에 담긴 뜻을 항상 멋대로 추측하고 상처받지 않도록 마음을 걸어 잠그고 있었다. 하지만 이떠한 필터도 없이 바라본 엄마는 이토록 표정이 풍부하고 깊은 애정을 담아 말을 걸어온다.

나는 지금까지 얼마나 엄마의 목소리를 놓쳤던 걸까? 밤새 반성하고 또 반성했다. 잠을 이루지 못한 건 그 때문이기도 하다.

아침 버스정류장에서 버스를 타고 몇 번이나 시간을 체크했다. 제발 시간표대로 도착하기를. 가게와 가까워질수록 긴장되기 시작했다. 버스에서 바라보는 거리에는 밝은 햇살이 내리쬐고 있었다. 오늘은 정말로 더울 것 같다.

아르바이트 첫날 날씨가 맑아서 다행이다. 왠지 긍정적인 기분이 든다.

제일 가까운 버스정류장에서 내려 약속 시간 10분 전에 가게 앞에 도착했다. 두근두근 세차게 뛰는 가슴을 억누르며 심호흡을 한 후 살짝 문을 열고 말했다.

"안녕하세요!"

그러자 주방 안쪽에서 누군가가 움직였다. 셰프모를 벗으며 이쪽으로 다가온 사람은 코바야시 씨만큼 키가 큰 밝은 갈색 곱슬머리 남자. 처진 눈꼬리가 더욱 아래로 내려가면서 대형견을 연상시키는 부드러운 미소를 짓고 있었다.

누구세요? 라고 생각할 틈도 없이 그는 성큼성큼 거리를 좁혔다.

"네가 아르바이트생? 귀엽네! 나는 오가타 요스케. 일요일에만 일하는 헬퍼야. 편하게 요스케라고 불러 줘. 나도 이름으로 불러도 될까, 마키노? 첫 아르바이트라면서? 게다가 남자인 척하다니 굉장한걸?"

남자는 속사포처럼 말을 쏟아내며 양손으로 내 손을 잡고 아래위로 붕붕 흔들었다. 당황해하는데 안쪽에서 익숙한 목소리가 들렸다.

"시끄러워, 오가타."

"그치만 환영하고 싶은걸!"

"질색하잖냐."

코웃음을 치는 듯한 말투를 보니 지금 코바야시 씨는 내숭을 떨지 않고 있다. 그가 본모습을 보여 주는 상대라고 생각하자 그것만으로도 경계심이 조금 누그러졌다.

"오늘부터 아르바이트하게 된 마키노 모모입니다. 잘 부탁드려요."

"딱딱해라~. 릴렉스 릴렉스. 점장 얼굴이 무서워서 긴장돼?"

오가타 씨가 주방에서 얼굴을 내민 코바야시 씨를 가리켰다. 하지만 코바야시 씨가 노려본 것은 나였다. 불합리해!

"이력서 갖고 왔나? 깜빡했으면 고용 안 한다."

코바야시 씨가 그렇게 말하며 이트인용 의자에 털썩 앉았다.

"갖고 왔어요!"

허둥지둥 가방에서 이력서를 꺼내 머뭇머뭇 두 손으로 내밀었다.

아르바이트도 처음이고 이력서를 쓰는 것도 처음이었다. 작성 예시를 보고 썼지만 지망 동기만은 무척 고민했다. 일하고 싶은 마음을 내 국어 실력이 따라가지 못했기 때문이다.

코바야시 씨는 말없이 이력서를 훑어보다가 문득 시선을 멈췄다.

"지망 동기가 '케이크가 맛있었기 때문입니다' 라니. 초등학생도 이것보다는 잘 쓰겠군."

그가 어이없어하며 말했다. 오가타 씨가 웃었다.

"최고의 칭찬이네! 안 그래? 모모."

"엄청 고민했어요. 하지만 그보다 더 딱 맞는 말이 없었어요! 케이크가 맛있었기 때문에, 엄청 맛있었기 때문에!"

얼굴을 붉히며 필사적으로 변명했다.

진짜 지망 동기는 '코바야시 씨한테 은혜를 갚고 싶어서' 다. 하지만 그런 거창한 소릴 할 만큼 내가 도움이 될 것 같진 않다.

그럼 또 다른 이유는 뭐지? 라고 묻는다면 역시 이곳 케이크가 맛있었기 때문이다.

"알았어……. 그걸로 됐어. 너한테는 접객을 부탁하고 싶은데. 이트인 손님께 서빙하고, 설거지를 부탁해. 카운터는 오가타가 맡을 거니까 옆에서 분위기를 보며 배우도록 해. 그러다 혼자 카운터를 볼 수 있게 되면 더 좋고. 오늘 몇 시까지 일할 수 있지?"

"문 닫을 때까지 일해도 괜찮아요."

"중간에 휴식을 하더라도 아르바이트 첫날 7시간을 넘기면 힘들어. 내가 말을 안 해서 점심도 안 싸 왔지? 일은 1시에 끝낼까?"

"너무 짧아요!"

"그럼 2시. 시급은 900엔이면 되나?"

"앗, 필요 없어요!"

편의점 아르바이트를 하는 친구가 시급 810엔은 너무 싸다고 투덜거렸지만 그게 이 근처 고등학생들이 아르바이트를 할 때 받는 평균적인 돈이라고 한다. 900엔은 생각도 못한 금액이었다.

"저는 일도 서툴고 돈을 받는 게 죄송할 정도인걸요……."

"고등학생을 공짜로 부려먹을 만큼 형편이 어렵진 않아. 안 받는다면 고용하지 않겠어. 교통비도 지급할 테니까 타임카드에 적어 둬."

나한테 협박당해서 마지못해 고용해 줬을 텐데 의외로 진지하게 생각해 주고 있네. 새삼스럽지만 나는 어린애고 그는 사회인이라는 것이 실감됐다.

지난번에는 들여 보내 주지 않았던 주방으로 안내를 받았다. 그것만으로도 마음이 조금 들떴다.

스쳐 지나갈 때 쇼케이스 안에 놓인 '4월의 스노우화이트'가 보였다. 가격을 확인하자 1조각 1,000엔이었다. 예상 금액의 2배! 역시 회원제는 다르구나! 하지만 1시간 일하면 약 1조각을 살 수 있다. 맛도 있고 부드러운 맛이니까 1개, 2개, 3개 마구 먹고 싶다.

반짝반짝하게 닦은 주방 작업대에는 필름을 두른 케이크가 줄지어 놓여 있었다. 무심코 그곳에 시선을 빼앗겼다. 벨벳처럼 윤기가 흐르는 빨간 딸기 콩피튀르(confiture. 프랑스식 잼)로 채색된 네모난 케이크였다.

"프레지에야. 딸기라는 이름의 프랑스판 쇼트케이크. 일본에서는 안에 생크림을 바르는 경우가 많지만 이건 커스터드크림과 버터크림을 섞은 크렘 무슬린을 발랐지."

내 시선을 눈치 챈 코바야시 씨가 설명하며 하얀 조리복과 다크브라운색 모자를 건네줬다.

"이건 선물."

그가 농담처럼 말하며 건네준 것은 은행 이름이 박힌 수첩과 볼펜이었다.

"잘 메모해 놓고 궁금한 게 있으면 바로 물어봐."

"저도 갖고 왔는데 여기 적는 게 좋을까요?"

개인적으로 갖고 온 물건은 위생에 문제가 있나? 그렇게 생각하며 묻자 그는 문득 표정을 누그러뜨렸다.

"아니, 편한 대로 하면 돼. 뭐야, 생각보다 의욕이 있군. 또 질문할 거 없어?"

"저는 토요일, 일요일 이틀 동안 나오면 되죠? 오가타 씨는 일요일에만 나오나요?"

"저 녀석 본업은 다른 가게 파티시에야. 내가 다친 게 나을 때까지 잠깐 빌렸지."

"그럼 평소에는 혼자 가게를 운영하시나 보네요. 토요일, 일요일 외에는 뭘 하시나요?"

"연구와 밑준비. 가끔 아는 사람 가게를 도와주기도 하고."

상냥하게 대답해 주길래 이런 질문도 괜찮으려나 싶어서 질문을 던졌다.

"여자를 싫어하시나요?"

순간 그의 미간이 구겨졌다. 주변의 공기마저 딱딱하게 굳어버린 듯했다.

"그, 그치만! 이 가게도 그렇고…… 아!"

그가 방금 내게 줬던 조리복과 모자를 움켜쥐고 높이 들어 올렸다. 20센티미터 가까이 키 차이가 나다 보니 당황해서 손을 뻗어도 닿지 않았다. 내가 점프를 하자 그는,

"먼지 나."

라고 내뱉듯이 말했다.

"우리 가게 방침은 말했을 텐데. 더 이상 개인적인 사정을 가르쳐 줄 의무는 없어. 그게 싫으면 지금 돌아가도 돼."

그가 무표정하게 내려다보며 말했다. 노려보는 것보다 조용한 분노가 배어 나오는 지금이 더 무섭다.

"죄송해요……. 앞으로 일에 관한 것만 물어보겠습니다."

내가 맹세를 하고 나서야 겨우 옷과 모자를 돌려줬다.

"2층으로 올라가서 바로 오른쪽에 방이 있어. 문을 열어 놨으니까 거기서 옷 갈아입고 와. 타임카드도 잊지 말고."

지시를 내리는 코바야시 씨는 파티시에보다는 하사관 같은 위압감을 풍겼다. 시무룩해서 2층으로 올라갔다.

코바야시 씨가 말한 방은 곧 찾을 수 있었다. 휴게실도 겸한 공간인지 탁상난로와 TV가 놓여 있었다. 순간 남의 집에 온 것 같은 느낌이 화악 강해졌다. 너무 힐끔힐끔 보면 안 된다고 생각하면서도 그만 주위를 둘러보았다. 두꺼운 레시피 책에 섞여 주간 소년 만화 잡지가 꽂혀 있는 것이 의외였다.

행거에는 오가타 씨의 옷으로 보이는 커다란 재킷과 청바지가 걸려 있었다. 나도 후드 집업을 벗어서 행거에 걸고 조리복을 입었다. 거울 앞에서 모자를 쓰자 정신이 바짝 들었다.

TV 받침대 옆에 놓인 출퇴근 기록기에 새 타임카드를 찍었다. 소리를 내며 시간이 찍혔다. 어른이 되는 계단을 한 칸 올라간 기분이 들었다.

자, 첫 아르바이트 시작이다.

가슴 가득 기대를 품고 계단을 내려가자 오가타 씨가 돌돌이를 건넸다. 카펫 위에서 굴리는 하얀 접착테이프 말이다.

"그걸로 온몸을 돌돌 밀어. 그 다음 손을 씻고 알코올 스프레이를 뿌리도록 해."

돌돌이로 옷 위를 밀었다. 꿈에서 단숨에 현실로 돌아온 기분이다.

플로어를 쓸고 걸레질을 마치자 커트러리 세팅 방법을 가르쳐 줬다.

"이트인 손님께는 소르베를 서비스하니까 디저트 스푼도 같이 놓도록 해. 오늘 소르베는 여름귤이야. 시식해 볼래?"

"먹어 보고 싶어요! 저어…… 전부터 궁금했는데 소르베랑 셔벗은 다른 건가요?"

"같은 거라는 책도 있지만 소르베는 과일주스나 퓌레를 얼린 거고 셔벗은 소르베에 우유, 달걀 흰자, 젤라틴을 섞은 거라는 차이가 있지."

오가타 씨가 은제 스푼으로 소르베를 떠 줬다. 보기에도 매끄러워 보이는 소르베는 사르르 녹는 식감에 감귤 맛이 진하고 적당히 새콤해서 오늘같이 더운 날 딱 좋았다!

"녹아내린다……!"

"오늘 아침에 막 만든 거니까. 소르베는 오래 보존할 수 있는데 여기서는 매일 새로 만들거든."

오가타 씨는 맛을 음미하듯 눈을 감고 감상에 젖어 말했다.

"보통은 안 그런가요?"

"우리 직장에선 안 그래. 아, 잊고 있었다. 여기 샵 카드는 회원이 아는 사람한테 소개해 주는 용과 테이크아웃 손님이 가족들한테 보여 주기 위한 위장용이 있어."

"위장용?"

꼭 스파이 영화 같다. 포스기 아래로 오가타 씨가 내게 두 종류의 카드를 건넸다.

한 장은 전에 코바야시 씨가 줬던 〈un homme(언 옴므)〉.

그리고 또 한 장은 〈파티스리 Princess〉. 이쪽은 레이스 무늬가 인쇄되어 있는 데다 이름부터 여성용이다. 게다가 적혀 있는 주소도 옆 동네였다.

"여기 실제로 있는 곳인가요?"

그렇게 물으려던 순간 코바야시 씨가 주방에서 "오가타! 전화"라고 외쳤다.

"미안, 나머지는 코바야시한테 들어."

오가타 씨는 그렇게 말하며 코바야시 씨한테 전화기를 받아 들고 계단을 올라갔다. 남겨진 나는 머뭇머뭇 코바야시 씨를 향해 두 장의 카드를 들었다. 방금 묻지 말라고 못을 박는 바람에 조금 긴장됐다. 하지만 이건 일과 관련된 거잖아?

"이 카드에 대한 설명을 듣다 말았는데요."

"거기 점장이 나랑 같은 스승님 밑에서 배운 형제 같은 제자야. 동네 사람들한테는 우리 가게는 그곳의 연수 시설이라고 설명하고 있지. 오늘 프레지에도 스승님께 배운 같은 레시피로 만든 거고 다른 케이크도 비슷해. 오가타는 그곳 스태프고 나도 예전에 거기서 일했지."

"진짜로 있는 곳이군요?"

"우리 케이크를 먹은 가족이 조사해 봤을 때 없는 가게면 이상하잖아."

그가 당연하다는 듯이 대답했다. 하지만 나는 이해할 수 없었다.

"손님이 그쪽으로 넘어가도 괜찮나요……?"

잘 표현할 수는 없지만 아무리 여자 금지를 지키기 위해서라도 그렇지, 속이 답답하다. 그러면 코바야시 씨가 만든 맛있는 케이크를 먹은 사람이 다음에는 다른 가게에 케이크를 주문할 것 아닌가. 이렇게 말하긴 좀 그렇지만 꼭 공을 가로채이는 기분이다.

하지만 그런 감정은 이미 극복했는지 그는 아무렇지도 않게 말했다.

"괜찮아. 비밀을 지키기 위해서는 희생이 따르는 법이니까."

이쯤 되면 남자의 로망으로 이해하고 넘어갈 문제가 아니다. 하지만 더 이상 파고들면 쫓겨날지도 모른다.

문득 코바야시 씨가 내 모자챙을 휙 치켜 올렸다. 시야를 차단하던 그림자가 사라지고 물끄러미 바라보는 그와 눈이 마주쳤다. 가슴이 두근거렸다.

"굳이 남자처럼 굴지 않아도 돼. 이렇게 말하긴 미안하지만 그대로도 충분히 통할 테니까. 누가 마키노 군으로 착각하면 순순히 '형제입니다' 라고 대답해. 여자라는 게 들통나도 비난 받을 일은 아니야."

'남자처럼 굴지 않아도 돼', '그대로도 충분히 통할 테니까'.

밤에 자기 전에 떠올리면 몰래 울 것 같은 말이다. 뭐 이 외모 덕분에 여기서 일할 수 있게 됐으니까 불평할 수는 없지만.

"네! 있는 그대로 열심히 일하겠습니다."

자포자기한 것처럼 대답했을 때 오가타 씨가 계단을 내려왔다. 순간 코바야시 씨가 챙을 잡고 있던 손을 놓는 바람에 이제는 그의 가슴 언저리까지밖에 보이지 않았다.

"모모, 설명 들었어?"

오가타 씨가 내게 물으며 카운터로 향했다. 나도 냉큼 뒤를 쫓았다.

"네. 오가타 씨는 다른 가게에서도 일하고 있다면서요. 여기 다니기 힘들지 않아요?"

"점장님이 사정을 봐주셔서 괜찮아. 실은 책임을 느낀 이즈미가 도우러 오고 싶어 했지만 나도 코바야시랑 입사 동기라 그 녀석 성격을 잘 알거든."

"책임이요……? 코바야시 씨는 계단에서 떨어져서 다친 거 아닌가요?"

혹시 더 큰 사고였나? 불안해하며 되물었다. 오가타 씨는 조금 놀란 표정을 짓더니 내게 얼굴을 가까이 대고 작은 목소리로 속삭였다.

"나한테 들었다고 하지 마? 이즈미는 우리 가게 신입이야. 짐을 들고 계단을 내려오다 발을 헛디뎠는데 도와주러 왔던 코바야시가 그 애를 감싸고 떨어졌어. 타박상과 염좌로 전치 1개월."

무심코 주방을 돌아보았다. 그럼 그렇다고 말해 주지. 진작 알았더라면 그때 비웃지 않았을 텐데.

오가타 씨는 굽혔던 허리를 펴고 못 말린다는 듯이 내게 미소를 지었다.

"그런 녀석이야."

11시가 되자 코바야시 씨가 문에 말발굽을 걸었다. 프랑스에서는 행운의 심벌인 이 말발굽이 개점을 알리는 간판 대신인 모양이다.

첫 번째 손님을 시작으로 오직 남자만 차례차례 찾아왔다. 한 개 평균 가격이 700엔이나 되는 케이크가 날개 돋친 듯이 팔렸다. 내가 아무것도 못하는 동안 오가타 씨는 미소를 지으며 눈이 돌아갈 만큼 많은 손님들을 멋지게 상대했다.

정체를 들킬까 봐 걱정했지만 손님들의 시선은 그저 쇼케이스로 향할 뿐 모자를 깊이 눌러쓴 신입 점원의 얼굴을 힐끔힐끔 쳐다보지는 않았다.

이트인 손님들도 들어왔다. 세 테이블밖에 없지만 이 가게는 이상할 만큼 회전이 빠르다.

내가 친구와 카페나 가게에서 케이크를 먹을 때, 물론 목적은 케이크지만 시간을 할애하는 비율을 따지자면 메인은 수다 떨기다. 1시간이든 2시간이든 수다를 떨곤 한다. 하지만 이곳 손님들은 정말로 케이크만 먹고 끝이다.

카운터에서 케이크와 음료수를 주문하고 내가 어설픈 서빙으로 음식을 갖다 주면 음식이 나올 때까지 걸린 시간보다 더 짧은 시간 안에 다 먹고 나간다.

너무 빨라서 나간 것을 한동안 알아차리지 못하기도 했다. 어쩌다 성미가 급한 손님이 왔나 했지만, 대학생으로 보이는 사람도 워킹 도중에 온 것 같은 트레이닝복을 입은 아저씨도 마찬가지였다. 둘이 함께 온 회사원으로 보이는 사람은 그나마 좀 오래 있었지만 그래 봤자 20분 정도. 지금까지는 남들이 어떻게 시간을 보내는지 신경 쓰지 않았지만 새삼 남녀의 차이가 느껴졌다.

그중 제일 눈길을 끈 것은 초등학교 저학년쯤 되어 보이는 소년과 함께 온 아빠였다. 아이를 데려온 손님도 보기 드문 데다

이트인으로 '4월의 스노우화이트 케이크'를 주문한 손님은 처음이라 먹고 나서 반응이 궁금했다.

아빠는 팔자 눈썹에 조금 소심하지만 다정해 보이는 사람으로 계속 소년에게 말을 걸었다. 가게가 좁고 음악도 틀어놓지 않아서 드문드문 말소리가 들렸는데 그 대화를 통해 추측하자면 이혼하고 엄마와 함께 사는 아들과 한 달 만에 만나는 자리인 모양이었다.

왠지 어색한 분위기가 가게 안에 감돌았다.

소년은 천천히 케이크를 먹으며 진저에일을 홀짝홀짝 마셨다. 다 먹고 나면 뭔가 얘기를 해야 할 것 같아서 그런가 보다. 한 손을 반바지 주머니에 넣은 채 불편한 듯이 몸을 꼼지락거렸다. 아빠의 물음에도 "응."이나 "됐어(필요 없어)."라는 대답밖에 하지 않았다.

좀처럼 이어지지 않는 대화에 아빠는 어깨를 추욱 늘어뜨리며 여태 손도 대지 않은 케이크를 드디어 먹었다.

"아, 맛있어……."

무심코 진심이 흘러나온 듯한 말투였다. 케이크를 보며 "맛있겠군."이라고 말하는 건 몇 번 들었지만 "맛있어."는 또 각별했다. 만든 사람은 코바야시 씨고 나는 어설픈 아르바이트생이었지만 가슴속에 충만감이 화악 퍼졌다.

두 사람이 가게에서 나갈 때는 최고로 진심을 담아 "감사합니다!"라고 말할 수 있었다.

"오, 지금 그 목소리 좋네!"

오가타 씨의 칭찬도 아주 싫지는 않았다.

접시를 치우려고 테이블로 향하자 의자 밑에서 뭔가가 빛났다. 엄지손가락만 한 길이의 작은 열쇠였다. 아까 그 손님 건가? 방금 나갔으니까 지금 쫓아가면 갖다 줄 수 있을지도 모른다.

열쇠를 주워서 오가타 씨한테 보여 줬다.

"이거 떨어뜨리고 갔어요. 잠깐 나갔다 올게요."

가게 밖으로 나가자 약 50미터 앞에서 두 사람의 뒷모습을 발견했다. 막 택시를 타려는 참이었다. 나는 허둥지둥 달려갔다.

"잠깐만요!"

숨을 헐떡이며 사각지대에서 나타난 나를 보고 아빠 쪽은 소년을 자기 뒤로 숨겼다. 반사적인 반응이라지만 수상한 사람 취급에 조금 상처받았다.

"이거 잊고 가신 물건 아닌가요?"

열쇠를 내밀며 묻자 아빠는 물끄러미 쳐다보며 고개를 갸웃거렸다.

"아니…… 모르겠는데."

"그런가요……."

다른 손님 거였나. 사과하고 돌아가려던 순간 소년이 아빠 등 뒤에서 말없이 손을 뻗었다. 무심코 빼앗기지 않도록 열쇠를 꽉 움켜쥐었다. 소년이 발끈한 얼굴로 노려보았다.

"내 거야."

"아! 그러니?"

아빠가 되묻자 소년은 겸연쩍은 듯이 시선을 피하며 고개를 끄덕였다.

"내 자전거 열쇠."

"이제 탈 줄 아나 보구나! 다음에 보여줘."

"응……."

환한 표정을 짓는 아빠와는 달리 어째서인지 소년은 어두운 얼굴이었다. 왠지 위화감이 느껴졌다. 아직 보조 바퀴를 달고 다녀서 보여 주기 싫은가?

아이의 성장이 엿보이는 그 감동적인 장면을, 기분이 언짢아 보이는 택시 운전사가 "탈 거요? 말 거요?"라며 박살 냈다.

"탈 겁니다! 카이, 타렴. 아! 열쇠 갖다 줘서 고마워요!"

"아뇨, 전해드릴 수 있어서 다행이에요."

아빠에게 열쇠를 건네려고 했지만 그 전에 소년이 손을 내밀었다. 눈높이를 맞추듯 쪼그려 앉아서 소년의 손바닥에 열쇠를 올려놓았다.

"아까는 미안해. 심술을 부리려던 게 아니라……."

"……어. ……워."

"응?"

뭐라고 중얼거리는지 미처 듣지 못해서 되물었다. 소년이 뭔가 말하기 전에 운전사가 또다시 재촉하는 바람에 두 사람은 택시 뒷좌석에 올라탔다. 택시가 출발한 후에야 소년이 무슨 말을 했는지 알아차릴 수 있었다.

——됐어. 고마워.

뛰어오길 잘했다. 기뻐하며 가게로 돌아와서 전말을 얘기했다. 나로서는 훈훈한 얘기라고 생각했지만 오가타 씨는 고개를 갸웃거렸다.

"뭔가 이상하지 않아? 어색하다고 할까. 아무리 오랜만에 만났어도 그렇지, 원래는 좀 더 많이 얘기하지 않나? 아빠랑 아들이잖아."

그렇지? 오가타 씨가 주방에 있는 코바야시 씨에게 물었다.

"매달 오시는 분인데 원래는 좀 더 밝은 아이였어."

"반항기인가? 하지만 아직 반항기는 너무 이른데. 모모 나이쯤 되면 아빠 옷이랑 같이 빨래하지 말라고 하거나 뭐 그러잖아?"

"아뇨, 그런 생각은…… 안 하거든요."

"착해라~. 나도 딸이 생기면 이렇게 크면 좋겠네."

빈말이라는 걸 알면서도 어떻게 반응해야 할지 난처했다.

나는 아빠와 요 몇 년 동안 대화를 한 적이 없다. 사이가 안 좋거나 반항기라서가 아니라 우리 집은 아빠의 존재감이 희미하다. 휴일마다 혼자 할머니 댁에 가서 자고 오기 때문이다.

옛날에는 함께 가자고 꼬셨지만 나는 케이크 사건 이후로 할머니가 불편했다. 안 그래도 말이 거칠고 동생을 편애하는 분이다. 엄마에게 모질게 구는 걸 본 동생은 할머니를 따르지 않았다.

내키지 않아 하는 우리에게 아빠는 매정하다고 불평하며 동물원에 가기로 한 약속을 깨고 할머니 댁에 갔다. 밤늦게 돌아온 아빠는 엄마에게 야단을 맞다가 술기운을 빌어 고함을 쳤다.

"내가 번 돈으로 가족들과 단란하게 온천에 놀러 가는 게 뭐가 문제야!"

아마도 들으라는 듯이 한 말이었을 것이다. 하지만 어쩌면 취해서 흘러나온 본심일지도 모른다.

나와 동생이 그리는 '가족' 이라는 그림에는 아빠와 엄마와 나와 동생이 있지만, 아빠가 말하는 '가족' 에는 우리 세 사람이 없다.

그렇게 생각한 것은 엄마도 마찬가지였는지 그날을 기점으로 두 분의 말다툼은 눈에 띄게 줄었다. 아마도 엄마는 실망했나 보다. 엄마가 아무 말도 하지 않자 아빠는 툭하면 할머니 댁을 드나들었다. 동네 사람들은 아빠를 효자라고 칭찬했다. 하지만 그 때문에 휴일마다 우리 '가족' 은 언제나 3명이었다.

오늘 아침 엄마는 케이크를 3개 사 오라고 부탁한 후 덧붙이

듯 '아빠는 단 걸 좋아하지 않으니까.' 라고 말했다. 하지만 나는 그 말을 듣기 전까지, 3이라는 숫자를 전혀 이상하게 느끼지 못했다.

멍하니 생각에 잠겨 있을 때 누군가가 부드럽게 어깨를 두드렸다. 오가타 씨가 걱정스러운 얼굴로 물었다.

"피곤해?"

"아뇨! 팔팔해요."

"그럼 설거지 부탁해도 될까?"

"네!"

주방 싱크대에 포개져 있는 식기는 2인분뿐이었다. 아마도 내 얼굴이 어두워 보여서 이쪽 일을 맡긴 모양이다. 안 되겠네, 나. 한숨이 흘러나왔다.

"왜 그러지? 접시 닦기는 시시해? 그만두고 싶어졌어?"

바로 뒤에서 목소리가 들려왔다. 움찔해서 뒤를 돌아보자 어느샌가 코바야시 씨가 등 뒤에 서 있었다.

"아니에요! 저어, 그러니까……."

변명하고 싶지만 뭔가 말해야 한다고 생각하면 생각할수록 아무 말도 떠오르지 않았다. 엄마와 내 얘기는 케이크와 관련된 일이라 털어놓을 수 있었다. 하지만 더 이상 내 열등감을 코바야시 씨에게 드러내고 싶지 않다.

잠자코 있자 코바야시 씨는 훌쩍 가 버렸다. 기가 막혀서 말도 나오지 않았던 걸까? 답답한 기분으로 다시 싱크대를 향해 돌아서서 식기용 스펀지에 세제를 뿌렸다.

"이것도 닦아."

옆에서 들려온 목소리에 반사적으로 손을 내밀자 코코트(cocotte. 오븐 요리에 사용하는 둥근 용기)에 담긴 감귤 소르베를 쥐여 줬다. 스푼도 함께였다.

"저어, 이건…….."

"예정보다 조금 이르지만 먹고 나서 오늘은 이만 돌아가. 집에서 반성할 점이 뭔지 잘 생각해 보고 다음에 활용하도록 해."

웃음기 없는 냉담한 말투였지만 '다음' 이라는 말에 마음이 놓였다. 도움이 되진 못했지만 또 이곳에 와도 되나 보다.

아침에 먹었을 때는 조금 성에가 끼어 있던 소르베 표면이 살짝 녹아 있었다. 스푼에 와 닿는 감촉이 소르베 같지 않을 만큼 부드러웠다. 혀에 얹은 순간 솜사탕처럼 녹아내렸다.

조금 전과는 다른 의미로 만족스러운 한숨이 흘러나왔다.

"왜 이렇게 부드러운 거죠?"

"상온에 10분 뒀어. 딱 먹기 좋지?"

"엄청 좋아요!"

다시 한 입 먹고 나서 문득 깨달았다.

10분 전이라면 그만두고 싶어졌느냐고 말하기 전에 준비해 놓은 걸까? 날 위로하기 위해서?

심술궂은 것 같으면서 다정하다. 밀어내는 것 같으면서 남을 잘 챙겨 준다. 코바야시 씨의 성격을 도무지 파악할 수 없다. 하지만 소르베의 달콤함이 입안에 퍼졌을 때쯤에는 가슴이 천천히 따뜻해지고 얼굴이 자연스레 풀어졌다.

"잘 먹었습니다!"

오늘의 심쿵 포인트를 제공해 주셔서 고맙습니다.

코코트와 스푼을 씻고 나서 아빠와 아들 손님이 사용한 그릇을 설거지했다. 지저분해진 형태가 대조적이었다. 소르베를 말끔하게 먹어 치운 그릇과 녹을 때까지 방치했던 그릇. 오늘 최고로 꼼꼼하게 설거지를 한 다음 2층으로 올라갔다.

타임카드를 찍고 지갑 속을 확인했다. 엄마에게 받은 2천 엔과 소지금 1800엔. 케이크를 사도 버스비가 남는다. 하지만 텅 빈 쇼케이스를 보고 경악하고 말았다.

"이거 다시 채워 넣겠죠……?"

오가타 씨에게 묻자 난처한 듯이 뒤통수를 긁적였다.

"아니! 구움과자랑 콩피튀르는 아직 남았어."

아직 시간은 오후 2시 전……. 코바야시 씨의 케이크, 인기가 무시무시하구나. 아니, 스위츠를 좋아하고 지갑 사정에 여유가 있는 남자란 무시무시하군. 하얀 딸기 콩피튀르가 있길래 그걸 사고 위장용 샵 카드도 받았다.

엄마는 일요일 오후마다 뜨개질 교실에 다닌다. 집에 돌아가

봤자 아무도 없을 줄 알았는데 평소 부활동 때문에 집에 없는 동생이 부엌에 있었다. 동생은 나보다 더 놀라며 "아직도 적응이 안 되네……."라고 중얼거렸다.

"도플갱어 같아. 하다못해 가르마라도 바꿔."

"가마가 같은 곳에 있어서 안 돼. 오늘 부활동 안 해?"

"해. 깜빡 잊고 간 물건이 있어서 가지러 온 거야. 금방 다시 나갈 거야."

그렇게 말하면서도 서두르는 기색 없이 식탁에 앉아서 느긋하게 편의점 도시락을 먹기 시작했다. 보기만 해도 배가 고파서 냉장고를 열자 내가 좋아하는 메이커에서 나온 젤리가 있었다!

하지만 한입 먹은 순간 인공적인 단맛이 코를 찔렀다. 코바야시 씨의 퀄리티에 혀가 익숙해진 모양이다……. 이러면 먹을 수 있는 게 한정될지도 몰라. 그야말로 금전적으로 사치스러운 고민이다.

"쇼우, 넌 남자 손님만 갈 수 있는 양과자점이 있으면 가 보고 싶어? 여자가 없는 가게 안에서 마음 편히 케이크를 먹을 수 있는 가게."

뜬금없는 질문이라는 걸 자각하며 묻지 동생은 생각에 잠긴 듯이 고개를 갸웃거렸다.

"살짝 관심은 있어."

"뭐? 정말?"

"응. 하지만 가격에 따라 다르지. 가볍게 갈 수 있는 정도야?"

"내가 추천하는 케이크는 한 조각에 1,000엔."

동생의 눈빛이 사나워졌다. 나도 저렇게 생겼나 생각하자 넌더리가 났다.

"어디 있는데?"

"여기로 이사 오기 전에 다녔던 유치원 근처."

"하천보다 동쪽?"

"서쪽. 큰길 쪽에 있어. 지하철역에서 조금 먼 쪽에 있는 버스 정류장 옆."

"아, 대충 알 거 같네. 요즘 벚나무에 꽃이 지고 잎이 나기 시작하면서 하천 쪽이 살짝 정글 입구 같아졌는데 거기서 북쪽으로 올라가다 옆길로 빠지면 공원이 있거든. 작지만 정글짐이 있어. 거기서 편의점에서 사 온 닭튀김을 꼭대기에 올라가서 먹는 게 요즘 우리 사이에 유행이야."

"꼭대기?"

"정글짐 꼭대기. 위업을 달성한 남자의 얼굴로 닭튀김을 먹는 거지."

쇼우가 재현하는 것처럼 엄숙한 표정을 지었다. 동생이 교복을 입고 정글짐에 올라가는 모습을 상상하자 몸에서 힘이 빠졌다.

"근데 왜 갑자기 그런 얘기를 하는 거야?"

"그런 가게에서 아르바이트를 시작했거든. 오늘이 일하는 첫날이었어."

"점원은 여자로 안 쳐? 아니면 누나를 여자로 안 치는 거야?"

동생은 어디까지나 놀릴 생각으로 물었겠지만, 정곡이었다.

"뭐…… 특별 채용이라고 할까."

"흐응—. 퇴근은 항상 이 시간이야?"

"아직 모르겠지만 익숙해지면 좀 더 늦어질 거야. 저녁 6시에 문을 닫으니까."

"늦게 끝날 것 같으면 마중 나갈 테니까 불러."

"응? 왜?"

"어? 위험하니까 그렇지?"

어리둥절해서 되묻자 동생도 똑같이 되물었다.

초등학생 남자아이 같은 짓을 하는구나 싶다가도 이런 말을 아무렇지도 않게 하니까 여자들한테 인기가 많은가 보다. 주위에서 '마을의 보물' 이라고 떠받들어도 우쭐하지 않아서 다행이다.

버스를 타고 다니니까 괜찮다고 사양하긴 했지만 그 다정함이 기뻤다.

"그럼 다음에 부탁해 볼까."

"그래. 답례는 일주일 동안 욕실 청소 당번을 대신해 주면 돼."

"너무 길어!"

하다못해 한두 번 정도여야지.

동생은 편의점 도시락을 먹고 나서 부활동을 하러 돌아갔다. 동생을 배웅한 후 아르바이트를 하면서 적은 메모를 다시 읽어 보려고 가방에서 꺼낼 때 〈파티스리 Princess〉의 샵 카드가 떨어졌다.

그러고 보니 코바야시 씨와 같은 스승님께 배웠다는 제자는 어떤 사람일까? 궁금해서 홈페이지에 들어가 보았다. 화사한 프레지에 사진이 탑 페이지를 장식하고 있었다. 코바야시 씨처럼 장인 기질이 있는 사람일까, 오가타 씨처럼 사교적인 사람일까, 아니면 전혀 다른 타입? 프로필 화면이 나타난 순간 숨을 삼켰다.

오너 파티시에인 점장은 고양이 같은 눈매에 조금 까칠해 보이지만 단정한 이목구비를 지닌 서른 남짓한 미녀였다.

2

우울한 기분으로 월요일이 시작되었다.

어째서 코바야시 씨는 '형제 같은 제자' 라고 한 걸까? 아니, 물론 우리 집처럼 '남매' 지만 다들 '형제' 로 보는 경우도 있다. 하지만 여자를 가리키는 말은 아니다.

일부러 숨겼다고 생각하는 것은 지나친 비약이다. 하지만 저 코바야시 씨와 교류하는 여성이라니. 게다가 프로필을 보아하니 프랑스의 권위 있는 제과 콘테스트에서 은메달을 딴 실력파라고 한다.

후우. 아침부터 몇 번째인지 알 수 없는 한숨이 흘러나왔다.

학교에 가자 평소에는 끈질기기 짝이 없는 동생의 팬들이 나를 보고 서둘러 사라졌다. 친구 시호가 곧장 내 자리로 다가와서 "괜찮아?" 라고 물었다.

"어두운 오라가 엄청 뿜어져 나오고 있거든? 미간이 마구 구겨져서 계속 째려보는 거 같아."

어쩐지 다들 멀어지더라. 그 와중에 말을 걸어 준 시호한테 무슨 일이 있었는지 얘기하고 싶다. 하지만 그러면 가게 얘기를 해야 한다. 진지하게 상담하면 비밀을 지켜 줄 거라는 건 안다. 하지만 코바야시 씨를 배신하는 것 같아서 그럴 수 없다.

이러지도 저러지도 못하고 끙끙 신음하자 시호가 내 미간을 만졌다.

"이 얼굴 본 적이 있어."

그 말에 곧 동생의 얼굴이 떠올랐다. 시호는 주름을 펴는 것처럼 손가락 끝으로 내 미간을 어루만지며 말을 이었다.

"내 남자 친구는 사회인이잖아? 일이 힘들어도 비밀을 엄수하느라 투덜거리지도 못하고, 하지만 괴로워 죽겠고, 그럴 때 딱 이런 얼굴이야. 말할 수 없으면 말하려고 애쓰지 않아도 돼."

그 말을 듣고 조금 마음이 놓였다. 이럴 때 터놓고 상담하지 못하는 자신에겐 친구 자격이 없는 것 같아서 괴로웠는데.

부드러운 손가락의 감촉이 기분 좋아서 만지는 대로 내버려 뒀다. 그녀가 풍기는 여유 있는 분위기가 부럽다.

"어른이랑 사귀면 어른이 되나……?"

"글쎄? 하지만 남자 친구랑 사귀기 전이라면 분명히 억지로라도 고민을 들으려고 했을 거야. 괜찮다고 위로해 주고 해결하는 것보다는 상담해 준 것에 만족했을지도 몰라. 내가 보기엔 혼자 고민을 끌어안고 열심히 노력하는 모모가 더 어른스러워."

그렇게 말하며 미소 짓는 시호는 무척 어른스러워 보였다.

동생을 어린애라고 생각하는 나보다는 동급생을 어른이라고 말할 수 있는 그녀가 더 정신 연령이 높다.

"언젠가 얘기하고 싶어……."

작게 중얼거리자 시호는 "기대되네."라고 말했다.

하지만 그 언젠가는 언제쯤일까? 코바야시 씨가 여자 금지를 그만둘 때? 생각에 잠겨 있을 때 시작종이 울렸다.

"쉬는 시간에 보자."

그렇게 말하며 작게 손을 흔드는 시호에게 코바야시 씨와의 만남을 재미있고 유쾌하게 털어놓고 싶다. 조금 다혈질이지만 남을 잘 챙겨 주는 성격과 멋진 케이크. 분명 굉장히 멋진 리액션을 하며 들어줄 것이다.

코바야시 씨가 만든 케이크를 시호는 먹지 못한다. 그 미녀에게는 먹여 줄까……? 미녀와 코바야시 씨가 웃는 얼굴로 케이크를 먹는 모습을 상상하자 가슴이 욱신 아팠다.

일주일은 짧은 것 같으면서도 길었다. 박스 포장과 접객은 대충 배웠지만 날이 갈수록 자신감이 사라졌다. 코바야시 씨와 둘이 일해야 되는데 이대로는 걸리적거리기만 할 거다.

망설이다가 코바야시 씨에게 메시지를 보냈다.

「배운 걸 복수하고 싶은데 10시에 가도 되나요?」

답장은 밤이 되어서야 도착했다.

「그건 괜찮지만 복수는 그만둬.」

무슨 소릴까 하다가 금방 깨달았다. 복습을 복수로 오타 낸 채 보낸 것이다. 주룩 식은땀이 흘렀다. 허둥지둥 「오타예요! 복수 안 해요!」라고 보냈다.

그 미녀는 이런 사소한 실수는 하지 않을 거라고 생각하니 더더욱 풀이 죽었다.

3

토요일은 날씨가 우중충한 게 마치 내 마음을 그대로 반영한 것 같았다.

10시 전에 가게 문을 열자 갓 구운 파이의 달콤한 향기가 내

몸을 감쌌다. 이 향기는 최강이다. 한순간에 머릿속이 '맛있겠다' 에 점령당했다.

주방을 들여다보자 코바야시 씨가 오븐에서 꺼낸 파이에 시럽을 바르고 있었다. 진지한 옆얼굴이다. 척척 기민하게 움직이는 모습이 다친 사람으로는 보이지 않는다.

"안녕하세요."

작업을 방해하지 않도록 작은 목소리로 말하자 "안녕." 하고 대답이 돌아왔다. 2층에서 준비를 마치고 플로어 청소를 한 다음 카운터 주위를 체크했다. 지난번에는 없었던 케이크 가격 일람표가 있었다. 코바야시 씨의 글씨다. 그걸 보자 더욱 더 힘내야겠다는 생각이 들었다.

오늘은 코바야시 씨가 카운터를 보고 내가 포장을 담당했다. 주문 개수가 많을 때는 나를 도와주기도 했다. 그 손놀림을 흉내 내다 보니 요령이 생기기 시작했다. 1시부터 30분 동안 점심 휴식을 하고 다시 일했다. 3시에는 케이크도 구움과자도 콩피튀르도 완판되었다.

"수고했어. 오늘은 이만 돌아가도 돼."

"항상 완판되나요?"

물론 잘 팔리는 건 기쁘지만 코바야시 씨가 만든 케이크의 팬이자 몇 개 사가고 싶은 나로서는 복잡한 심정이었다.

"남을 때도 있어. 장마철이나 여름에는 외출하는 사람이 줄어서 아무래도 매상이 떨어지거든."

코바야시 씨는 분한 듯이 말했다.

다친 게 나을 때까지 일하게 해 달라고 부탁해서 아르바이트를 하게 됐고 전치 1개월이니까 어쩌면 다시는 이곳 케이크를 먹을 수 없을지도 모른다. 일에도 조금 익숙해졌는데 벌써 끝이 보인다.

쓸쓸해하며 계단을 오르려고 할 때 전화가 울렸다. 코바야시 씨가 전화를 받아서 통화를 했다.

"이쪽에서도 찾아보겠습니다."

초조한 목소리로 그렇게 말하는 것이 귀에 들어왔다. 무슨 일이라도 생겼나? 불길한 예감이 든다. 그가 전화를 끊고 말을 꺼냈다.

"지난주 일요일에 왔던 아빠랑 아들 손님 기억나? 네가 자전거 열쇠를 갖다 줬던 카이라는 아이. 행방불명이라는군."

"네?"

고개를 숙인 채 고맙다고 말했던 소년이다. 내성적이지만 좋은 아이 같았다.

코바야시 씨는 말을 고르며 빠른 어조로 말했다.

"엄마가 곧 재혼하는데 오늘 아침 앞으로 아빠와 정기적으로 만나는 건 그만두라고 했다더군. 그때는 잘 받아들였던 모양이야. 그런데 놀러 간다면서 자전거를 타고 집을 나가놓고 점심때가 되어도 돌아오지 않았다더군. 친구들도 어디 있는지 모른다나 봐. 그래서 아빠 쪽에 연락했는데 혹시 이쪽에 온 거 아니냐는 얘기가 나온 모양이야."

"그렇지만 안 왔잖아요……. 제가 나가서 찾아볼게요."

"미안하지만 부탁해. 그 아이 아버지가 이쪽으로 오는 중이라 나는 가게에 남아 있어야 되거든."

그가 아쉬운 듯이 말했다. 겨우 한번 만났을 뿐인 나보다 훨씬 걱정하고 있을 것이다.

"걱정 마세요! 저, 이 근처 유치원에 다녀서 길은 잘 알아요."

그런데 어딜 찾아봐야 할까? 고민하면서 가게 주위를 커다랗게 한 바퀴 돌았다.

아빠에게 자전거를 보여 주기로 한 약속을 지키기 위해 이곳에 왔다면 어째서 가게에 들어오지 않은 걸까? 그 답은 가게 앞으로 돌아왔을 때 깨달았다. 샵 카드를 받은 나조차 간판이 없다 보니 일반 가정집을 착각한 것 아닐까 싶어서 안으로 들어가길 망설였던 외관이다. 늘 아빠를 따라왔던 카이가 가게를 찾지 못하는 것도 당연하다.

만약 내가 초등학교 저학년이고 찾으려는 가게가 보이지 않는다면 어떻게 할까? 그런 생각을 하며 주택가를 천천히 걸었다. 작은 다리를 건너자 하천에 푸른 잎이 돋은 벚나무가 늘어서 있었다.

아, 여기 동생이 말했던 다리인가? 그대로 지나치려다 문득 걸음을 멈췄다.

'어린 나' 가 아니라 '소년' 이라면 어떨까. '작은 정글 입구' 로 무심코 발걸음이 향하지 않을까.

북쪽으로 걸어서 옆길로 빠지자 정말로 멀리 공원 같은 넓은 공간이 보였다. 누군가 노는 듯한 소리는 들리지 않았다. 하지만 그래서 더더욱 발걸음이 빨라졌다. 안으로 들어가자 곧 작고 파란 자전거와 정글짐이 보였다. 카이는 정글짐 꼭대기에서 멍하니 하늘을 올려다보고 있었다.

"카……."

말을 걸려다 황급히 입을 다물었다. 균형을 잃고 떨어지기라도 하면……. 만약의 일이 벌어져도 손을 뻗을 수 있는 위치로 가기 위해 정글짐에 올랐다. 정면으로 빙 돌아가서 차근차근 위로 올라가자 아이가 나를 발견하고 잽싸게 내려오기 시작했다. 그리고 눈 깜짝할 사이에 지면에 착지했다.

"기다려! 카이…… 아앗!"

점프해서 착지하려다가 무릎이 꺾이며 넘어졌다. 뛰어가려던 카이가 멈춰 섰다. 착지는 실패했지만 아이를 붙잡는 것은 성공한 모양이다. 스마트폰을 꺼내 중환자처럼 힘없이 손을 떨며 아이에게 내밀었다.

"아파서 못 일어나겠어……. 구급차를 불러 줘. 부탁이야."

카이는 물끄러미 쳐다보기만 했다. 다시 한번 "부탁이야……." 하고 실감나는 연기를 펼치며 말했다.

이윽고 카이가 다가와서 손을 뻗었다. 순간 잽싸게 아이의 손목을 움켜잡았다. 카이는 흠칫하며 느닷없이 "도와주세요!"라고 외쳤다.

"그러지 마! 속인 건 사과할게."

"거짓말쟁이가 하는 말은 못 믿어!"

"그건 맞는 말이지만, 그치만 너도 엄마한테 거짓말했잖아!"

냉큼 되받아치자 카이는 겸연쩍은 듯이 입을 다물었다. 입술을 꾸욱 다문 얼굴이 울기 직전처럼 보였다. 아이한테 말이 너무 심했나 보다.

"미안해. 하지만 엄마도 아빠도 널 찾고 계셔. 돌아가자."

상냥한 말투로 말하기 위해 주의를 기울였다. 하지만 아이는 도리도리 고개를 저었다.

"아빠가 금방 이쪽으로 오실 거야. 그럼 자전거 보여드리자. 응?"

그게 목적일 텐데도 아이는 또다시 고개를 저었다. 달리 무슨 말을 해야 할지 몰라서 난감했다. 케이크도 구움과자도 콩피튀르도 전부 다 팔려서 과자로는 낚을 수 없다.

뭔가 화제로 삼을 거 없나……. 시선을 떨구자 카이는 나도 알고 있는 메이커의 스니커를 신고 있었다.

"그 신발 멋지네!"

"응……."

실패였다. 이 나이의 아이와 얘기할 기회도 없었고 뭘 좋아하는지도 모른다. 친아빠조차 쩔쩔매지 않았던가.

이대로 교착 상태가 이어지면 진짜 수상한 사람으로 신고당할지 모른다.

지난번 아이가 가게에 들어왔을 때부터 뒤를 쫓아갈 때까지를 떠올렸다. 힌트를 얻지 못한 채 열쇠를 건네주고 가게로 돌아오는 부분까지 기억을 더듬어 나갔다. 설거지하는 장면을 떠올린 순간 좋은 생각이 떠올랐다. 아이가 좋아하고 가게에 있는 것.

"……소르베 좋아하니?"

코바야시 씨한테 카이를 찾았다고 전화하고 소르베를 준비해 달라고 부탁했다. 공원에서 가게까지는 10분쯤 걸린다.

도망치는 걸 막기 위해 아이의 자전거는 내가 끌고 갔다. 싫어할 줄 알았는데 의외로 순순히 넘겨줬다. 자기가 저지른 짓에 죄책감을 품고 있는지도 모른다.

"카이, 너 아빠한테 자전거 보여 주러 온 거지?"

"응. 아저씨가 사 줬어."

아저씨란 분명 카이의 새아빠가 될 사람일 것이다. 예민한 문제인 만큼 선불리 말할 수가 없다. 어떻게 대답해야 좋을지 몰라서 아까와 비슷한 말을 던졌다.

"멋진 자전거네."

"응. 그치만…… 원래 아빠가 사 주기로 했었어. 여름 방학이 되면 훈련하자면서. 근데 아저씨가 사 줬어. 말해야 되는데 도저히 말할 수 없었어……."

지난번 계속 안절부절못했던 건 아빠와 얘기하는 게 재미없어서가 아니라 갈등하면서 말을 꺼낼 타이밍을 엿보고 있었기 때문이었던 모양이다.

카이가 숙였던 고개를 들고 내게 호소했다.

"엄마가 이제 아빠랑 만나지 말래. 그치만 난 아빠랑 약속했는걸."

"약속을 지키려고 그랬구나……. 장해라. 하지만 엄마를 걱정시키면 못써."

아이가 눈을 크게 뜨며 눈동자를 가늘게 떨었다. 울음을 터뜨릴 줄 알았지만 아이는 코를 훌쩍이며 또다시 고개를 숙였다. 그 작은 어깨에 견딜 수 없을 만큼 무거운 짐이 얹혀 있는 것 같았다.

문득 코바야시 씨에게 10년 넘게 품어온 고민을 고백했던 내가 떠올랐다. 하지만 나와는 달리 이 아이는 지금 괴로움의 한복판에 있다.

나는 천천히 마음을 정리하며 말했다.

"카이랑 아빠랑 먹었던 그릇을 설거지한 사람이 바로 나야. 카이는 소르베가 녹기 전에 다 먹었고 아빠는 그렇지 않았지. 그때 아빠가 카이한테 열심히 말을 걸었었지? 카이에 대해 알고 싶어서."

"응……."

소르베가 녹은 흔적이 서로 다른 두 개의 그릇을 보고 아빠 생각이 머리를 스치고 지나갔다. 만약 우리 부모님이 이혼한다면, 아빠는 자랑스러운 동생은 만나고 싶어 해도 나와는 만나려 들지 않을 것이다.

"부러웠어. 나는 아빠랑 같이 살고 있지만…… 나한테 관심이 없는 것 같거든."

고개를 숙이고 있던 아이가 문득 나를 올려다보았다. 눈동자가 당혹과 동정으로 흔들리고 있었다. 그 눈빛에 쓴웃음으로 대답하며 말을 이었다.

"한번 말을 안 하기 시작했더니 그전에는 어떻게 얘기했는지 알 수가 없지 뭐야. 부녀지간인데도. 카이 너는 그렇게 되지 않았으면 좋겠어. 그러니까 참지 말고 마음을 잘 전하도록 해. 안 그러면……."

가슴에 한 손을 얹고 꼬옥 움켜쥐었다. 흙먼지가 묻은 조리복이 눈에 들어오지 않았다면 분명 더 말을 잇지 못했을 것이다.

조리복의 하얀색은 내게 용기를 준 사람의 상징이다.

"스스로에게 계속 거짓말을 하게 될 테니까."

눈물이 복받치고 콧속이 찡했지만 간신히 참을 수 있었다. 하지만 카이는 그 뒤로 입을 다물고 말았다. 감정 이입해서 너무 오지랖을 부렸는지도 모른다.

문득 카이가 우두커니 멈춰 섰다. 그 시선 끝에서 허둥지둥 달려오는 아이의 아빠가 보였다. 다행이다. 둘이 만나서. 아빠가 큰소리로 외쳤다.

"카이! 이게 무슨 짓이냐!"

지난번과는 달리 아빠는 아이를 무섭게 다그쳤다. 옆에 있는 나까지 움찔 몸이 굳었다.

"저, 저어! 카이는 아빠한테 자전거를 보여 주고 싶어서……."

당황하며 감쌌지만 아빠는 들은 척도 하지 않았다. 카이의 양 어깨를 힘껏 움켜잡고 아이의 얼굴을 들여다보았다.

"엄마한테 거짓말을 하면 어떡해!"

"미안……."

카이가 겁먹은 얼굴로 사과했다. 아무리 아빠라도 그렇지, 이유도 안 듣고 무턱대고 화를 내다니. 나도 모르게 한마디 하려던 순간 아빠가 아이를 힘껏 끌어안았다.

"무사해서 다행이다……. 얼마나 걱정했는지 몰라."

울음 섞인 떨리는 목소리였다.

작은 머리를 헝클어놓으며 쓰다듬자 굳어 있던 카이가 큰소리로 울음을 터뜨렸다.

"우…… 잘못했……어. 잘못했어……."

나까지 따라 울고 싶어질 만큼 가슴이 뭉클한 울음소리였다. 내 앞에서 울지 않았던 건 강해서가 아니라 그저 참고 있었던 것뿐이었구나.

아빠가 달려온 방향에서 코바야시 씨가 나타났다. 내게 손짓을 하고 있었다. 아빠와 아들 둘만 있게 해 주기 위해 그 자리를 살며시 떠났다.

"찾아 줘서 고마워. 그런데 너…… 무슨 일 있었나?"

코바야시 씨가 나를 아래위로 물끄러미 쳐다보았다. 허둥지둥 조리복에 묻은 먼지를 털어냈다.

"정글짐에서 내려오다 넘어졌어요."

"어린애냐. 다치진 않은 것 같군."

그렇게 말한 후 코바야시 씨는 다리를 끌며 카이 부자에게 달려갔다. 자세히는 들리지 않았지만 '소르베' 라는 말만은 귀에 들어왔다. 아마도 가게에서 얘기를 나누라고 제안 중인 모양이다. 눈을 비비는 카이 옆에서 아빠가 비안한 듯이 머리를 숙였다.

속마음을 드러냈으니 이제 전부 잘 될 줄 알았는데 테이블에 앉은 카이는 또다시 입을 다물어 버렸다. 아빠의 기세도 완전히 꺾여 있었다.

코바야시 씨가 주방에서 작업을 하는 동안 나는 방해되지 않도록 쇼케이스 뒤에 서 있었다.

"새아빠와 잘 지내기 힘드니……?"

아빠가 어색하게 묻자 카이는 커다랗게 고개를 저었다. 그 대답에 안심한 것처럼 아빠는 한숨을 내쉬었다.

"자전거 연습은 그 사람과 했구나?"

"응……."

"나쁜 짓을 한 것도 아닌데 왜 숨기려고 한 거지. 좋은 사람이라니 다행이잖니?"

그 물음에도 카이는 어두운 얼굴로 고개를 끄덕였다. 지켜보다 답답해서 머뭇머뭇 입을 열었다.

"저어…… 끼어들어서 죄송한데요, 나쁜 짓을 한 건 아니지만 저라도 말 못했을 거예요. 왜냐하면 아빠…… 히익!"

뺨에 차가운 것이 와닿았다. 비유적인 표현이 아니라 코바야시 씨가 태연한 얼굴로 뺨에 뭔가를 댔기 때문이다. 코바야시 씨는 지나가며 내 손에 그 뭔가를 건넸다. 차가운 음료가 담긴 유리잔. 냉동된 상태로 보는 것은 처음이다.

테이블에 앉아 있는 두 사람에게도 같은 것을 건넸다.

"오늘의 자몽 소르베와 진저에일을 합친 스무디입니다. 셔벗과 소르베의 차이를 아십니까?"

둘 다 대답하지 못하길래 내가 말했다.

"오가타 씨한테 들었어요. 재료가 다르죠?"

"그것도 맞지만 영어로 셔벗이고 프랑스어로 소르베. 셔벗의 어원인 샤리바는 아라비아어로 '마신다'를 뜻합니다. 기본으로 돌아와서 마시는 음료로 만들어 봤습니다. 드셔 보세요."

스무디 하면 건강 지향 음료라는 이미지가 있지만 이 스무디는 디저트스럽다. 맛있어 보여서 맛이 궁금하다. 하지만 카이 부자는 선뜻 손을 대려 하지 않았다. 신제품을 보고 신나서 좋아할 기분이 아니기 때문이다.

"카이. 네가 좋아하는 진저에일이 들어갔다는구나."

아빠가 그렇게 말하며 카이의 잔에 빨대를 꽂았다. 아, 그런 이유가 있었나. 카이는 흘낏 잔을 쳐다보면서도 얼굴은 움직이지 않았다. 그 심리라면 알 것 같은 기분이 든다.

나쁜 짓은 하지 않았지만 나쁜 짓을 하고 있다.

그 모순은 분명 존재한다.

내 경우에는 시호한테 이 가게에서 아르바이트하고 있다는 걸 말하지 못해서 배신하는 것 같은 느낌이 들었을 때 비슷한 기분을 느꼈나. 그래서 누가 괜찮다고 달래 줘도 죄책감이 앞서고 만다.

그 마음을 아빠한테 잘 전하려면 어떡해야 좋을까? 고민하고 있을 때 코바야시 씨가 카이 옆에 쪼그려 앉았다.

"우리 가게에 처음 왔을 때 음료수가 커피밖에 없어서 카이를 난처하게 했던 거 기억나? 진저에일이 먹고 싶다길래 뛰어가서 사 왔었지."

"……억지 부려서 미안해요."

"아니, 그게 아니야. 카이가 말해 주지 않았더라면 우리 메뉴는 늘어나지 않았을 거야. 이 음료도 생기지 않았겠지. 가게 입장에서 제일 무서운 건 불만을 말하지 않는 손님이야. 물론 대응할 수 없는 경우도 있지만, 그래도 할 수 있을 때가 더 많거든. 나는 카이가 또 우리 가게에 와 줬으면 좋겠어. 그렇게 되도록 연구를 하고 싶어. 카이…… 넌 어떻게 하고 싶지?"

코바야시 씨는 평소보다 느릿한 어조로 말을 건넸다.

그 모습을 보고 나는 겨우 자신의 잘못을 깨달았다. 나는 카이가 제대로 말하지 못하는 부분을 어떻게든 해 주고 싶었다. 하지만 그건 결국 아이의 마음속에 있는 말을 들으려 하지 않았다는 뜻이다.

나는 카이 편이라고 생각하면서 멋대로 내 생각을 강요한 것뿐이다.

카이는 무릎 위에 놓인 손을 꼬옥 움켜쥐었다.

"아저씨를 아빠라고 부르고 싶지 않아! 우리 아빠는 아빠뿐인데. 나는 아빠랑 또 여기 오고 싶어. 여기 말고 다른 곳도 아빠랑……."

마지막 말은 눈물 때문에 목소리가 되지 못했다. 카이는 몸 전체를 떨며 어깨를 커다랗게 들썩였다.

"카이……."

일어서려는 아빠를 코바야시 씨가 손을 뻗어 막았다.

"카이가 자신의 말로 말할 때까지 기다려 주세요."

그는 다른 사람에게는 내놓지 않는 특별 메뉴를 만들었다. 물론 그것은 카이가 어린아이라서다. 하지만 '아이니까' 잘 말할 수 없을 거라거나 '아이니까' 마음을 헤아려 줘야 한다고 생각하지는 않는다.

어리더라도 '손님'으로서 존중하는 태도를 지킬 뿐이다.

그 뒤로 얼마나 시간이 흘렀을까? 실제로는 짧았겠지만 카이의 흐느낌 소리가 너무 애처로워서 그 시간을 견디기 힘들었다. 얼굴을 새빨갛게 붉힌 채 몇 번이나 실패하면서도 카이는 이윽고 분명하게 말했다.

"아빠랑 좀 더 같이 있고 싶어……."

"엄마를…… 설득해 보자. 아빠도 카이랑 좀 더 같이 있고 싶어."

분명 아빠는 카이와 헤어질 생각이었을 것이다. 그렇지 않다면 '새로운 아빠'라는 말은 할 수 없다.

아들을 위해 물러서려고 정리했던 마음마저 뒤집혔다. 그건 역시 카이의 진심 어린 호소가 아니면 불가능했을 것이다.

코바야시 씨는…… 역시 굉장해.

"모모, 티슈 갖다 드려."

"네!"

문득 이름을 부르는 소리에 허둥지둥 스무디를 가까운 곳에 내려 놓고 티슈 박스를 양 손바닥 사이에 끼웠다. 테이블에 티슈를 놓으려던 순간 코바야시 씨가 손가락 끝을 한꺼번에 움켜잡는 바람에 화들짝 놀라고 말았다.

"……역시."

코바야시 씨가 짜증스럽게 얼굴을 일그러뜨리며 나를 주방으로 끌고 갔다.

어? 앗, 잠깐……. 갑자기 돌변하는 바람에 카이랑 아빠도 놀라고 있거든요? 하지만 그가 왜 그러는지 이유를 아는 나는 얌전히 뒤를 따랐다. 코바야시 씨는 수도꼭지를 틀고 뜨거운 물을 받아서 내 양손을 따뜻하게 해 줬다.

계속 차가운 스무디를 들고 있느라 굳었던 손가락 끝이 차츰 풀렸다.

"내가 계속 들고 있으라고 했었나?"

"하지만 두 사람이 안 마시는데 저만 마실 수는 없잖아요."

"내려놓으면 되잖아."

"괜히 소리를 내서 방해하면 미안하니까……."

시무룩해져서 변명하자, 코바야시 씨는 노골적으로 한숨을 쉬었다.

"너는 정말……. 넘어지질 않나, 괜히 눈치 보다가 손이 이 지경이 되질 않나. 좀 더 자신을 소중하게 여겨."

남을 감싸고 전치 1개월의 부상을 당한 댁이 말은 잘하시네요? 무심코 빤히 쳐다봤지만 그는 움켜쥔 내 손가락 끝만 보고 있었다. 그 진지한 옆얼굴에 가슴이 답답해져서 황급히 시선을 피했다. 이 거리라면 혹시 점점 커져 가는 심장 소리가 들리지 않을까 걱정됐다.

결국 스무디를 마신 것은 꽤나 많이 녹아 버린 후였다. 스무디라기보다는 진저에일에 소르베를 띄운 것 같은 상태로 맛을 본 카이는 "너무 달아!"라고 말했다.

"탄산이 강한 게 좋다고 했잖아."

불평하는 카이에게 코바야시 씨가 사과했다. 그렇군. 원래대로 돌아온 카이는 확실히 씩씩한 아이였다.

나도 마셔 봤지만 평소 탄산을 잘 안 먹어서 그런지 아무렇지도 않았다. 톡톡 튀는 매콤한 진저에일에 소르베의 달콤함이 섞인 맛. 때때로 서프라이즈처럼 입안에 들어오는 자몽 알갱이도 즐겁다. 맛있다고 칭찬하자 만드는 법을 가르쳐 줬다. 하긴 믹서에 넣고 섞기만 하면 끝이니까 뭐.

간단하지만 아마 집에서는 만들어 먹지 않을 것이다.

이 맛과 그에게 손을 잡힌 기억이 떠올라 가슴이 벅차서 마실

수 없을 것 같으니까.

다음 날, 가게 문을 열려던 순간 위화감을 깨달았다. 열쇠 구멍 위에 케이크 모양의 스티커가 붙어 있었다. 마침 어린아이의 눈높이 근처였다. 아마도 내가 카이가 가게에 들어오지 못했던 이유를 말했기 때문이겠지.

스티커 표면을 살며시 어루만졌다.

어떤 얼굴을 하고 이 스티커를 붙였을까? 각도나 위치에 집착할 것 같은 그를 상상하자 웃음이 나왔다.

이곳은 남자한테만 열려 있는 가게지만, 친구에게는 소개할 수 없는 곳이지만.

그래도 남자들끼리 속을 터놓고 얘기할 수 있는 이 가게는 귀중하고 필요한 곳이라고, 지금은 그렇게 생각한다.

코바야시 씨가 그토록 철저하게 여자를 금지한 진짜 이유를 말해 줄 때까지, 그만큼 신뢰를 따낼 때까지 힘내자. 먼저 케이크 이름과 가격을 외우고 카운터 일을 맡는 것이 목표다.

나는 조금 어른이 된 기분으로 문을 열었다.

세 번째 접시

생일 케이크

Bienvenue à la Pâtisserie Intime!

1

토요일 저녁에 아빠가 있다. 가족 넷이 모두 식탁에 앉아 있다.

다른 가정에서는 당연한 일이지만, 나는 몹시 동요하고 있었다. 좌우지간 아빠가 토요일 저녁에 집에 있는 것은 4년 만이기 때문이다.

아르바이트를 끝내고 돌아와서 곧장 내 방으로 가는 바람에 엄마가 부를 때까지 아빠가 있다는 걸 알아차리지 못했다.

먼저 식탁에 앉아 있던 동생이 나를 '어떻게 할래?' 라는 눈으로 쳐다보았다. 나는 '몰라, 왜 집에 있는지 네가 물어봐.' 라고 눈으로 대답하며 내 자리에 앉았다.

네모난 테이블 한 면에 한 명씩 앉았다. 내 왼쪽 옆은 엄마, 가스레인지와 밥통과 제일 가까운 자리. 한창 먹을 나이라 제일 자주 밥을 더 먹는 동생은 엄마 정면이자 내 오른쪽 옆자리.

즉, 내 정면에 아빠가 있다.

아빠는 석간신문을 읽느라 이쪽을 쳐다보지 않는다는 걸 알면서도 마음이 불편해서 그만 시선을 떨궜다.

그건 그렇고 '왜 집에 있지?' 라니 친아빠한테 말이 심하다. 하지만 동생이라면 용서해 줄 것 같으니까 꼭 물어봤으면.

"모모, 좀 도와줄래."

엄마가 나를 불렀다. 평소에는 조금 귀찮았는데 오늘은 덕분에 살았다 싶었다. 옆으로 가자 엄마가 *치쿠젠니를 건네며 얼굴을 바싹 대고 작게 말했다.

"아빠가 오늘은 웬일이라니?"

"어라, 엄마도 몰라?"

"갑자기 들어와서 집에서 밥을 먹겠다고 하길래 허둥지둥 더 만들었어."

작은 목소리로 속닥거릴 때 아빠가 입을 열었다.

"너희 둘은 뭐 갖고 싶은 거 있냐? 다다음 주에 생일이지?"

그 말을 듣고 겨우 납득했다. 아마도 할머니가 물어보라고 시켰나 보다. 고모한테 들었는데 할머니는 동생이 이 지역에 있는 대학에 진학하기를 바라는 모양이다. 그리고 할머니 댁에서 하숙했으면 하는 눈치라고 한다. 그래서 기분을 맞춰 주고 있는 것이다.

말이 '너희 둘' 이지 내가 자리에서 일어선 타이밍에 묻는 걸 보면 속내가 훤히 들여다보인다.

내가 입을 다물고 있자 동생이 느긋하게 대답했다.

"작년에 로드바이크도 받았고 지금은 딱히 없는데."

"게임 소프트는?"

---

* 치쿠젠니(筑前煮): 뿌리채소 종류를 고기와 함께 푹 익힌 일본의 조림 음식.

아빠가 초조한 말투로 물었지만 동생은 고개를 저었다.

"요즘은 안 해. 할 시간도 없고. 한지나 붓 같은 자잘한 거라면 필요하지만."

"그렇구나……. 모모는?"

나한테 묻다니 깜짝 놀랐다. 아무 생각도 없었는데. 나한테 물어볼 줄은 생각도 못했다.

"나도 없는데……?"

"뭐야, 우리 애들은 욕심이 없구나."

아빠가 어이없어하며, 그러면서도 어딘가 기쁜 듯이 말했다.

"아직 시간이 있으니까 잘 생각해 봐라."

내가 원하는 건 뭘까? 새삼 생각해 봤지만, 으음?

새 옷은 생일이라는 기한까지 급하게 찾는 것보다는 첫눈에 반할 만큼 멋진 옷과 만났을 때 사고 싶다. 화장품은 아직 안 부족하다.

그럼 역시 코바야시 씨가 만든 케이크? 그것도 축하의 말을 곁들여서. 그거라면 엄청 받고 싶다! 그의 웃는 얼굴을 상상한 순간 절대 불가능하다는 걸 깨닫고 시무룩해졌다.

접객용 가식적인 미소가 아니라 처음 만났을 때 같은 상냥한 얼굴. 문을 잡아 준 것뿐인데 내게 은인이라고 말하며 지었던 웃는 얼굴.

하지만 그건 나를 동생으로 착각했기 때문에 보여 준 표정이다. 애초에 내 입으로 '생일이니까 축하해 주세요!' 라고 말할 수 있는 성격도 아니고.

"아! 누나가 아르바이트하는 가게에서 파는 케이크."

동생이 그렇게 말했을 때에는 가슴이 덜컹했다. 뭐야, 이 타이밍은. 역시 쌍둥이로군. 내가 감탄하고 있을 때 아빠가 의아한 표정을 지었다.

"아르바이트를 시작했어? 그런 얘긴 못 들었는데."

"그건……."

"말했어요."

변명하려던 순간 한 손에 부엌칼을 든 엄마가 돌아서서 나를 가로막았다.

"모모가 아르바이트하고 싶다고 한 건 지난주 토요일이에요. 그날 밤 당신한테 메시지를 보냈죠. 당신은 평소처럼 답장을 하지 않았지만 모모의 기분을 존중하고 싶어서 이력서에 사인했어요. 사후 통보긴 하지만 일요일에 돌아온 당신한테 상담했더니 '그래, 괜찮아.' 라고 고개를 끄덕였어요."

엄마는 화가 나면 언성을 높이거나 감정적으로 굴진 않지만 냉정함을 유지하기 위해서인지 존댓말을 쓴다. 그리고 동시에 눈빛이 가라앉아서 싸늘한 얼굴로 변하기 때문에 더더욱 무섭다. 나한테 화내는 것도 아닌데 오싹했다.

엄마는 부엌칼을 내려놓고 앞치마에 손을 닦은 후 스마트폰을 들고 메시지를 보낸 기록을 아빠한테 보여 줬다.

"있죠?"

옛날부터 이렇다. 엄마는 사실만을 들이밀기 때문에 당하는 쪽은 그저 납작 엎드릴 수밖에 없다.

"모모한테는 못 들었다는 뜻이었어……."

아빠가 횡설수설 대답하며 도움을 청하는 것처럼 나를 바라보았다. 부모님의 싸움(그것도 일방적인)은 자식들에게도 달갑지 않은 법. 나는 도와줄 심산으로 아빠한테 사과했다.

"미안해, 말할 기회가 없어서."

"무슨 아르바이트지? 공부에 지장은 없나?"

"일주일에 두 번뿐이니까 아마 괜찮을 거야. 가게 카드 갖고 올게."

방으로 돌아가서 계속 지갑에 넣어 뒀던 샵 카드를 꺼냈다.

요즘은 거의 부적처럼 갖고 다녀서 사실은 주고 싶지 않았다. 하지만 생일에 코바야시 씨의 케이크를 먹을 수 있다는 최고의 기쁨과 어쩌면 축하한다고 말해 줄지도 모른다는 매력에 저항할 수가 없었다.

샵 카드를 건네자 아빠는 "주말에만 영업을 해?"라며 놀랐다.

"응. 그리고 남자 손님만 이용할 수 있는 가게야."

그러니까 안심하고 와도 된다는 뜻으로 말했는데, 아빠는 눈썹을 찡그렸다.

"……괜찮은 거냐? 그 가게."

한순간 무슨 뜻인지 파악할 수 없었다. 딸을 가진 부모로서 뭔가 방어 본능 같은 게 작동한 모양이다. 이상한 오해를 받아서 조금 발끈했지만 아빠를 안심시키기 위해 미소를 지었다.

"굉장히 맛있는 케이크 가게야. 다들 좋은 분들이고."

하지만 아빠의 표정은 더욱 어두워졌다. 이력서 지망 동기에 '케이크가 맛있어서' 라고 썼다가 초등학생만도 못하다고 코바야시 씨한테 핀잔을 들었는데 아빠도 똑같은 불안을 느꼈나 보다.

내 딸이 케이크에 낚여서 이상한 가게에서 일하고 있다……. 뭐 그런 거.

"가게에 와 보면 알아. ……그리고 점장님이 다친 게 나을 때까지 한 달 동안만 일하기로 했어."

사실은 더 오래 일하고 싶다. 코바야시 씨가 만드는 케이크와 그를 좋아하는 사람들을 위해서. 그 마음은 나날이 강해져만 간다. 하지만 아빠의 기분이 안 좋아지면 당장 그만두라고 할지도 모른다.

아빠는 절충점을 찾았는지 "그렇다면 뭐……." 하고 말꼬리를 흐렸다.

"그래서…… 어쩌면 오늘 아빠가 올지도 몰라요. 그러니까 폐점 시간까지 남아 있어도 될까요?"

일요일에 출근하자마자 주방에 있던 코바야시 씨와 오가타 씨에게 어제 일을 설명했다. 코바야시 씨가 작업을 하던 손을 멈추고 말했다.

"그래, 좋아. 대신 열심히 일해라."

"물론이죠! 뭐든지 말만 하세요!"

"……그러다 지쳐서 나가떨어지지나 마."

내가 기합을 넣으며 대답하자 코바야시 씨는 쓴웃음을 지었다. 하긴 6시까지 남는 건 처음이다. 아빠가 내가 아르바이트 하는 곳에 오는 것도 그렇지만 조금 걱정된다.

"생일이 언제야?"

오가타 씨가 물었다.

"5월 2일이에요."

"호오, 그렇구나. *골든위크 안에 들어가면 생일 파티랑 어린이날이 겹치겠는걸. 내 생일은 8월 22일이야. 여름방학 때라 친구들도 맨날 잊어버려—."

그가 한숨 섞인 목소리로 말했지만 내 관심은 코바야시 씨의 생일에 쏠려 있었다. 하지만 일과 관계없는 얘기는 묻지 않겠다고 선서했기 때문에 물어볼 수 없다.

그 마음을 눈치 챈 걸까, 오가타 씨가 말을 이었다.

---

* 골든위크: 매년 4월 말부터 5월 초까지 이어지는 일본의 연휴 기간.

"참고로 코바야시는 8월 23일. 나랑 하루 차이야. 외우기 쉽지?"

당장 마음속 메모장에 메모했다.

옷을 갈아입으러 2층으로 올라가서 12 별자리 궁합점 사이트에 접속했다. 5월 2일 황소자리랑…… 8월 23일은 처녀자리구나! 조금 의외다. 하지만 처녀자리 성격란에 '워커홀릭', '남을 잘 챙겨 준다', '이상주의' 라고 적혀 있는 걸 보니 딱 맞는 것 같기도 하다.

두근두근하면서 진단 버튼을 누르자 연애 궁합은 무려 80퍼센트 이상! 머릿속에서 축복의 종이 울리고 천사가 나팔을 불었다. 너무너무 기뻐서 이걸 연료 삼아 몇 시간이든 일할 수 있을 것만 같았다.

옷을 갈아입고 주방으로 내려가자 오가타 씨가 작은 앨범을 건넸다.

"이게 홀케이크 샘플이야. 1호가 직경 약 3센티미터. 4호가 2~3인분 정도고, 12인분쯤 되는 8호까지 있어. 그 이상을 원하면 상담할 것."

계절 한정 상품도 있었다. 반짝반짝 빛나는 케이크들을 보며 황홀함에 잠겼다.

"이거 엄청 탐나요. 카탈로그 보는 거 좋아하거든요."

"하나밖에 없어서 안 돼. 오늘 모모한테 카운터 보는 법을 가르쳐 줄 생각인데 케이크 이름이랑 가격은 알아?"

"알아요!"

아마도……라고 마음속으로 덧붙였다. 오가타 씨는 상냥하게 미소 지으며 "모르는 게 있으면 바로 나한테 물어봐."라고 말했다.

"특히 케이크에 들어간 재료를 착각하고 잘못 알려 주면 최악의 경우 죽을지도 모르니까."

그 과격한 발언에 움찔하며 물었다.

"아, 알레르기 때문에요?"

"그래, 잘 아네. 표시 의무가 있는 7가지 재료가 있어. 우유, 달걀, 밀가루, 메밀, 땅콩, 새우, 게. 잘 보면 알겠지만."

그가 그렇게 말하며 카드 스탠드를 끌어당겼다.

"우유, 달걀, 밀가루라고 적혀 있는 이거 말인가요?"

"응. 그리고 그런 일은 별로 없지만 '이 가게에서 쓰는 밀가루는 원산지가 어디인가요?' 라고 묻는 경우도 있어. 그럴 땐 코바야시를 불러. 네가 주방으로 가서 물어보고 얘기를 들은 다음 다시 손님한테 설명해 주는 것보다는 코바야시가 직접 설명하는 게 정확하니까. 내 경험상 남자 손님들이 자주 묻는 건 이 세 가지야."

"잠깐만요, 메모 좀 할게요."

허둥지둥 주머니에서 수첩을 꺼내 펜을 움켜쥐자 오가타 씨가 다시 말을 이었다.

"추천 케이크는 뭐죠? 일단 제일 잘 팔리는 건 무난한 딸기 쇼트케이크인데 쇼케이스 재고를 보고 임기응변으로 대답하도록 해. '스테디는 이쪽이지만 단골손님들이 많이 찾으시는 건 이쪽입니다' 나 과일 타르트라면 '제철 과일로 만들어 지금만 먹을 수 있는 맛입니다' 처럼."

"네……. 두 번째는요?"

"와인과 어울리는 메뉴는? 네가 미성년자라는 건 보면 아니까 '저는 그쪽 방면은 잘 알지 못하니까 담당자를 불러드리겠습니다' 라고 하면 오케이."

저는 그쪽 방면은 잘 알지 못하니까……라고 중얼거리며 메모했다. 급하게 말하다가는 혀를 깨물 것 같다.

"세 번째는, 달지 않은 건 뭐죠?"

"양과자점에 와 놓고요?"

깜짝 놀라서 무심코 되물었다. 그는 웃으며 말했다.

"가족들을 위해 사러 왔지만 자기는 단걸 안 좋아하는 사람도 있어."

곧 아빠의 얼굴이 떠올랐다.

"그럴 땐 뭘 추천하면 되죠?"

"치즈케이크나 아니면 달지만 맛을 예상할 수 있다는 점에서는 슈크림도 괜찮지."

"네. 배울 게 많네요."

"주문 개수가 적은 손님이랑 너희 아버지가 오셨을 땐 네가 카운터를 맡도록 해. 내가 잘 도와줄 테니까 걱정 말고."

그가 윙크를 하며 말했다. 태양 같은 밝은 웃음에 이끌려 나도 웃고 말았다.

오늘도 가게는 대성황이었다. 내가 카운터를 맡을 수 있을 만큼 적은 개수를 사가는 손님은 없었다. 포장이다 서빙이다 바쁘게 일하고 있을 때 낯익은 목소리가 들렸다.

"나 왔어! 코바 군."

불룩한 배와 저 호칭. 이름이 뭐였더라. 아마…….

"어서 오세요. 타카하시 씨."

주방에서 코바야시 씨가 나왔다. 맞다, 타카하시 씨. 오늘은 자기와 정반대로 홀쭉한 할아버지와 함께 있었다.

"이쪽은 예전부터 도움을 받고 있는 이도 씨야. 신입 사원한테 엄청 맛있는 생일 케이크를 주문해 주고 싶다길래 데려왔어. 그리고 맨날 먹는 거 두 개만 줘."

"알겠습니다."

코바야시 씨가 나를 쳐다보았다. 나는 홀케이크 샘플용 앨범을 꺼내서 이미 자리에 앉은 두 사람에게 보여 주러 갔다.

"홀케이크 주문 샘플은 이쪽입니다."

"아, 고마워, 고마워. 어라……?"

타카하시 씨가 나를 보고 뭔가 말하고 싶은 표정을 지었다. 아차. 여자 점원이라는 걸 들킬지도 몰라. 아니야, 코바야시 씨도 여자라는 게 들통나도 비난받을 일은 아니라고 했잖아. 당당하게 굴면 돼. 그렇게 생각하면서도 식은땀이 났다.

"지난번에 그……?"

"맞아요! 그때는 잘 먹었습니다! 너무 맛있어서 꼭 아르바이트하게 해 달라고 부탁했어요."

말이 떨어지기가 무섭게 냉큼 대답했다. 부자연스러울 만큼 빠른 대답에 살짝 압도당한 것처럼 놀라면서도 타카하시 씨는 "그렇구나, 잘됐네."라고 말했다.

"코바 군이 다쳤다는 얘길 듣고 걱정했거든. 안 그래도 계속 혼자 꾸려나가는 가게였는데 같이 일하는 사람이 있으면 안심되고 좋잖아."

그렇게 말하며 타카하시 씨는 와하하 친근하게 웃었다. 여전히 좋은 사람이다. 이런 사람이니까 신입 사원에게 케이크를 주문해 주려는 좋은 사람과 친하게 지낼 수 있는 걸까.

그렇게 생각하며 이도 씨를 바라보자 나 같으면 몇 시간이든 들여다볼 수 있는 아름나운 케이크가 실린 앨범을 전혀 보고 있지 않았다.

타카하시 씨가 사람 좋아 보이는 아저씨라면 이도 씨는 조금 성깔 있는 할아버지 같은 인상. 팔짱을 끼고 주위를 위협하는 것처럼 턱을 내민 모습은 햇볕에 그을리고 주름진 피부와 어우러져 야생 동물을 연상시켰다. 나는 당황하며 물었다.

"어떤 케이크가 좋을까요……?"

"보통 케이크면 된다."

"보통이요……?"

다시 되묻자 이도 씨가 나를 희번득 노려보았다.

"보통은 보통이제! 니는 것도 모르나!"

이도 씨가 침을 튀기며 쩌렁쩌렁한 사투리로 쏘아붙였다. 보통이라면 역시 제일 스테디한 딸기 생크림?

"알겠습니다……. 사이즈를 선택할 수 있는데요 제일 작은 게……."

"제일 큰 거. 이번 주 토요일 11시."

"네?"

당황하며 수첩을 꺼내자 노골적으로 한숨을 쉬었다.

"제일 큰 거! 토요일! 11시!"

테이블을 두드리며 고함을 치는 바람에 당황하고 말았다. 가게 안의 공기마저 얼어붙은 듯한 기분이 들었다. 타카하시 씨가 "자자, 그만." 하고 끼어들어 이도 씨를 달랬다.

"신입이니까 너그럽게 봐줘."

"오냐오냐하는 기가 제일 나쁜 기다! 엄하게 말해야 알아듣는다."

또다시 노려보는 눈빛에 몸이 굳었다. 또 무슨 소릴 하려나 잔뜩 움츠린 순간 커다란 그림자가 눈앞을 가로막았다. 코바야시 씨였다.

"오래 기다리셨습니다. 계절 요구르트 파르페와 핫 커피입니다. 우리 종업원이 무슨 실례라도 저질렀습니까?"

그렇게 말하며 코바야시 씨가 뒤로 손을 뻗어 주방을 가리켰다. 나를 도망치게 해 주려는 것이다. 그가 나타난 순간 이도 씨의 기세가 한풀 꺾였다.

나라서 저렇게 굴었구나…….

울컥해서 아직 뭔가 하고 싶은 말이 남은 듯한 이도 씨에게 머리를 숙인 후 주방으로 물러갔다. 오가타 씨가 "괜찮아?" 라고 물었다.

"나…… 접객에 소질이 없나 봐요."

뒤늦게 두근두근 미칠 듯이 뛰는 심장 때문에 가슴이 아팠다. 머리는 뜨거운데 손발은 유난히 차갑다.

잘 모르는 사람이 고함을 치는 게 그렇게 무서울 줄은 몰랐다.

"나도 그렇게 생각한 적이 있어."

"네? 이렇게 굉장한네요?"

"남자 접객은 소질이 없나 봐~. 여자 손님을 상대할 때보다 의욕이 절반도 안 생겨~라고."

"그건 취향 문제잖아요."

"그럴지도 모르지. 하지만 달지 않은 게 좋다며 주문한 사람이 한입 먹은 순간 맛있어 보이는 표정을 지으면 굉장히 성취감이 들거든. 모모, 넌 그렇게 생각한 적 없어?"

"있어요."

카이의 아버지가 '맛있어.' 라고 말해 줬을 때가 그랬다. '4월의 스노우화이트 케이크' 는 나의 추억이 담긴 케이크라서 코바야시 씨의 실력뿐 아니라 우리 엄마까지 칭찬받는 기분도 들고 기뻤다.

"맛있게 먹는 얼굴을 보는 건 좋아요."

"그럼 그 마음으로 힘내. 여기 오는 사람들은 모두 코바야시가 만든 케이크의 팬이야. 즉, 모모의 동지인 셈이지."

동지. 그 상냥한 말이 가슴에 묵직하게 내려앉았다.

아무리 무섭게 생긴 사람이라도, 실제로 무서워도, 이곳에 온 목적은 달콤한 케이크. 다들 코바야시 씨의 케이크를 먹고 싶어서 찾아온 것이다.

코바야시 씨가 주방으로 얼굴을 내밀며 물었다.

"케이크 주문을 받았다면서?"

"네. 딸기 생크림 케이크 제일 큰 사이즈로 이번 주 토요일 11시까지 만들어 달라고 하셨어요. 신입 사원 생일 케이크래요."

"메시지판은?"

"아, 못 물어봤어요."

제대로 전달했다고 좋아하자마자 이 모양이라니. 야단맞을 줄 알았지만 코바야시 씨는 "알았어."라는 말만 남기고 다시 플로어로 나갔다. 곧 날카로운 목소리가 울려 퍼졌다.

"그 나이 묵고 것도 모르나! 당연히 줘야지!"

내가 안 물어보는 바람에 코바야시 씨가 혼나고 있다. 내가 혼났을 때보다 충격적이다. 죄책감이 가슴을 가득 채웠다.

코바야시 씨가 돌아오자마자 곧 사과하려고 했지만 그보다 먼저 그가 작은 목소리로 말했다.

"미안해."

"네?"

"이런 손님이 오는 건 늘 각오하고 있어. 난 익숙하기도 하고. 하지만 너는 처음이잖아? 여기 있어도 돼."

생각지도 못한 말에 눈물이 날 뻔했다.

이상한 표현일지도 모르지만 치사하다. 항상 엄격한 주제에 왜 이럴 땐 다정한 거야. 그렇게 말하면 열심히 해야겠다는 생각이 들잖아.

"아뇨, 괜찮아요! 저, 물 가져갈게요."

물이 든 물병을 옮겨쥐고 플로어로 나가기 전에 마음속으로 조용히 읊조렸다.

다들 코바야시 씨가 만든 케이크의 팬이야. 무섭지 않아!

그 뒤로는 웃으면서 서빙을 할 수 있었다. 이도 씨가 고함을 지르지도 않았고 다른 손님들도 잘 대할 수 있었다. 케이크를 3개 주문한 손님의 계산을 맡았을 때도 처음치고는 순조롭게 해냈다.

하지만 폐점 시간이 되어도 아빠는 오지 않았다.

"아버지께 케이크는 늦어도 전날까지는 주문하라고 말씀드려."

돌아가는 길에 오가타 씨가 거듭 당부했다. 나는 "알겠어요."라고 고개를 끄덕였다. 하지만 마음속에는 아빠를 향한 짜증이 소용돌이치고 있었다.

내 소중한 샵 카드까지 빌려줬는데 안 오다니. 남자 손님만 올 수 있다고 했더니 괜찮냐고 물었으면서.

집으로 돌아가자 아빠는 거실에서 느긋하게 TV를 보고 있었다.

왜 안 왔어? 라고 말하려다가 엄마가 부엌에 있는 걸 보고 목구멍 안으로 삼켰다. 내가 뭐라고 하면 엄마는 더더욱 아빠를 책망하겠지. 일요일 저녁에 아빠가 집에 있는 건 굉장히 드문 일이다. 괜히 찬물을 끼얹고 싶지 않다.

분명 다음 주 토요일이나 일요일에는 케이크를 주문하러 올 거다. 그리고 내 어설픈 접객을 식탁에서 이야깃거리로 삼겠지.

마치 굉장히 평화롭고 평범하고 단란한 가정 같다.

"어머, 어서 오렴. 왜 그러니? 그런 곳에 우두커니 서서."

엄마가 나를 발견하고 말을 건넸다. 나는 아무것도 아닌 것처럼 웃었다.

"다녀왔습니다. 오늘 폐점 시간까지 일했더니 피곤해."

내 말을 듣고 있는 걸까 아닌 걸까, 아빠는 여전히 TV를 보고 있었다.

2

눈 깜짝할 사이에 일주일이 지나고 코바야시 씨와 둘만 일하는 토요일이 되었다. 즉 가게 문을 열자마자 이도 씨가 올 거라는 뜻이다.

평소보다 긴장하며 청소를 하고 있을 때 문이 열렸다. 재료를 납품하는 업자인 줄 알았는데 이도 씨였다. 약속했던 11시보다 15분이나 이르다.

"어어어어어서 오세요!"

허둥지둥 주방으로 뛰어 들어가자 코바야시 씨는 이미 케이크를 완성해 놓은 상태였다. 새빨간 딸기와 하얀 생크림의 대비가 아름다워서 보기만 해도 마음이 화사했다.

"상자에 넣기 전에 이 케이크면 되는지 확인해 줘."

"네."

8호 사이즈라 제법 무겁다. 양손으로 바닥을 받치듯이 들어서 신중하게, 그러면서도 마음속으로 서두르며 이도 씨에게 걸어갔다.

"이, 이 케이크인데 괜찮으신가요?"

"그래. 촛불도 얼음도 필요 없다. 포크도 주지 마라. 하지만 거스름돈은 받아야지."

오늘은 기분이 좋은지 말이 많다. 이도 씨는 작업복 차림이었다. 왼쪽 가슴 주머니에는 '이도 공무소' 라는 이름이 수놓아져 있었다.

"사장님이신가요? 아, 그래서 신입 사원을 기운 나게 해 주시려고요?"

멋지다고 말하려다 이도 씨의 험악한 성격이 떠올라서 입을 합 다물었다. 쓸데없는 소리 하지 말라고 화를 내려나? 하지만 의외로 그는 "그래."라며 눈가에 미소를 지었다.

"울 회사는 가족 경영이나 다름없는 작은 회사다. 그라이까 이 정도는 해 줘야지. 큰 회사보다 월급이 적으니."

주머니에서 꺼낸 1만 엔 지폐는 꼬깃꼬깃했고 주름 많은 손가락의 손톱은 까맣게 때가 끼어 있었다. 아침 작업을 이미 끝낸 걸까, 아니면 일하다 틈을 내서 급하게 온 걸까.

홀케이크를 정성껏 포장하고 있을 때 빨리 하라고 재촉을 당했지만 지난번처럼 심장이 아프지는 않았다. 계산을 마치고 홀케이크를 건넨 후 밝은 기분으로 문을 열고 손님을 배웅했다.

"감사합니다!"

트럭 운전석에 올라탄 이도 씨는 그 말에 대답하듯 창밖으로 한 손을 내밀었다.

화창한 푸른 하늘 아래, 하얀 트럭이 달리는 모습은 마치 로드무비의 한 장면처럼 아름다웠다…… 라고 끝날 줄 알았다.

"어떻게 해 줄기고! 내가 주문한 거랑 다르지 않나!"

3시가 넘어 가게가 한산해졌을 무렵, 이도 씨가 시뻘건 얼굴로 고함을 지르며 들이닥쳤다.

귀를 의심했다. 분명 실물을 보여 주며 확인했는데 주문과 다르다니.

"저어, 하지만 케이크를 보여드렸잖아요? 그런데……."

"알게 뭐꼬!"

"네?"

딱 잘라 말하는 바람에 할 말을 잃었다. 겨우 4시간 전에 있었던 일인데? 이럴 때 어떻게 대처해야 하는지 나는 모른다. 머릿속이 새하얘져서 굳어 있을 때 등 뒤에서 목소리가 들렸다.

"어떤 점이 요청하신 점과 달랐습니까?"

차분하면서도 단호한 코바야시 씨의 목소리였다. 오늘 이도 씨는 코바야시 씨를 상대로 한 걸음도 물러나지 않는다.

"어떤 점이라니 잘도 그런 말이 나오는구먼? 상식적으로 생각해 본나!"

"상품은 갖고 오셨습니까?"

"기분 나빠서 버렸다!"

두 사람의 대화는 평행선을 달렸다. 옆에서 듣다 보니 머리가 조금 냉정해졌다. 이건 그냥 생트집 잡는 거 아닌가.

케이크를 확인한 후에 상자에 담았는데 주문과 다르다니. 게다가 뭐가 어떻게 다른지도 말하지 않는다. 케이크도 갖고 오지 않는다. 게다가 제일 화나는 것은 코바야시 씨의 케이크를 버렸다는 것이다. 나는 먹고 싶어도 못 먹는데!

"하지만 케이크를 보여드렸을 때는 괜찮다고……."

그렇게 말하자 이도 씨는 나를 노려보았다. 전에는 그저 무서웠지만 생트집을 잡고 있다는 걸 알기 때문에 겁나지 않았다.

"타카하시 씨 체면을 세워 주려고 암말도 안 했더니 잘난 척하기는. 일도 제대로 몬하면서 돈만 밝히고. 주인도 주인이지만 아르바이트도 비리비리하고 가스나 같은 기 쓸모없는 얼라구마!"

여자지만 여자 같다는 말을 들으니 울컥했다. 되받아치고 싶었지만 코바야시 씨 앞이라 꾸욱 참았다. 그래도 짜증이 얼굴에 드러났던 걸까, 이도 씨가 나를 향해 손을 치켜들었다.

"뭐꼬, 그 눈은!"

놀라서 피하려던 순간 코바야시 씨가 그 손을 움켜잡았다. 그대로 쇼케이스 뒤에서 앞으로 성큼 나섰다.

"해 보자 이건가?"

붙잡힌 팔을 뿌리친 이도 씨가 턱을 내밀며 코바야시 씨를 올려다보았다. 일촉즉발의 분위기에 가슴을 졸이고 있을 때, 코바야시 씨가 큰 키를 굽히며 정중하게 사과했다.

"기대에 부응하지 못해서 죄송합니다. 기념일 케이크로 저희 가게를 선택해 주셔서 감사합니다. 하지만……."

고개를 든 그는 정색을 하고 있었다. 접객 중에는 보이지 않는 싸늘한 얼굴이다.

"제가 만족하실 만한 케이크를 만들지 못한 것과 저희 종업원을 비방하는 것은 별개의 문제입니다."

"건방지게. 여기서 장사할 수 있는 게 누구 덕분인데!"

"고객님들의 호의와 이해 덕분이죠. 그러니까 이해심 없는 손님은 필요 없습니다."

"뭐라꼬?"

"댁의 말대로라면 어린애한테 손이나 올리는 아저씨를 상대하지 않아도 우리 가게는 지금까지 잘해 왔다 이 말이야. 냉정하게 얘기할 생각이 없으면 돌아가."

돌변한 말투에서 위압감이 풍겼다. 그래도 이도 씨는 콧구멍을 부풀리며 씨근덕거렸다.

"내는 소개받고 온 기다!"

이도 씨와 틀어지면 타카하시 씨도 발을 끊을까? 그 사람 좋은 웃는 얼굴이 어두워지는 모습은 보고 싶지 않다. 하지만 코바야시 씨가 말도 안 되는 트집에 굴복하지 않았으면 좋겠다.

"타카하시 씨께는 성심성의껏 말씀드리겠습니다. 상품은 손님께서 직접 확인하고 가져가셨습니다. 이건 확실한 사실입니다. 다시 묻겠습니다만 이물질이 들어 있거나 한 건 아니죠?"

담담한 어조로 묻자 이도 씨는 아무 대꾸도 하지 못했다. 열세에 몰렸다는 걸 깨달았지만 그걸 인정하는 것도 분한지 안절부절못하며 힐끔힐끔 주위를 둘러보았다.

"다시 한번 얘기를……."

"고마 됐다! 말이 안 통하는구마!"

내뱉듯이 말한 후 이도 씨는 그대로 나가 버렸다. 코바야시 씨가 그 뒤를 쫓아갔다. 그와 거의 동시에 손님이 들어왔다. 이름은 모르지만 낯익은 트레이닝복 차림의 아저씨가 놀란 얼굴로 "무슨 일 있어?"라고 물었다.

"아뇨, 저어……."

"있어도 말 못하겠지. 접객 일은 힘들어. 우리도 그렇거든."

그 뒤로 편의점 오너인 듯한 그의 투덜거림이 시작됐다. 얘기를 듣는 동안 코바야시 씨가 돌아왔다. 어깨를 떨구고 있다가 손님을 발견하자 등을 꼿꼿하게 펴는 모습이 과연 대단했다.

"어서 오세요."

"안녕, 점장 청년. 아, 지금 어디나 힘들구나 하는 얘기를 하고 있었어."

손님의 이야기 상대는 코바야시 씨가 이어받았다.

억지를 부리는 손님은 편의점에도 있는 모양이다. 어디나 똑같다고 생각하니 이상하지만 조금 위로가 되는 기분이었다.

내가 특별히 불쾌한 일을 당한 게 아니라 흔한 일이라는 위로.

하지만 곰곰이 생각해 보면 굉장히 무서운 일이다.

성실하게 손님을 대해도 트집 잡는 사람이 이도 씨 말고도 또 있다니 그 어떤 괴기 현상보다 더 오싹하다.

많은 일이 있어서 잊고 있었지만 아빠는 오늘도 오지 않았다. 가게 문을 닫은 후 2층에서 옷을 갈아입고 있을 때 문득 그 사실을 깨달았다.

코바야시 씨와 오가타 씨에게 케이크를 주문할 거라고 이미 얘기해 놨으니까 빨리 오셨으면. 하지만 재촉했다가 안 그래도 갈 생각이었다며 삐치기라도 하면 곤란하다. 아빠를 대할 때면 반항기였던 재작년 동생보다 조심스럽다.

계단을 내려가자 말소리가 들려왔다. 오가타 씨치고는 목소리가 조금 높은걸?

"안 받아 주시면 제가 곤란해요!"

작지만 다부진 체격의 작업복을 입은 젊은 남자가 코바야시 씨에게 백화점 종이봉투를 떠안기고 있었다.

"받을 이유가 없습니다."

"아뇨아뇨아뇨! 절 도와주시는 셈 치고 제발! 부탁드립니다!"

작업복 왼쪽 가슴 주머니에는 '이도 공무소 카와노' 라는 이름이 수놓아져 있었다. 그가 나를 발견하고 짧게 깎은 머리를 숙였다.

"죄송합니다!"

사과하고 있지만 어딘가 짜증스러운 목소리였다. 하긴 당연하다. 그는 잘못이 없으니까. 게다가 내 추측이 맞는다면…….

"카와노 씨, 혹시 오늘 생일이신가요?"

그렇게 묻자 그는 고개를 번쩍 들며 눈을 동그랗게 떴다.

"헉, 뭡니까? 혹시 초능력자십니까?"

"아뇨, 아니에요. 이름은 가슴의 자수를 보고 알았어요. 그리고…… 이도 씨는 주문한 케이크를 보고 '좋다' 라고 말씀하셨어요. 하지만 나중에 '주문한 것과 다르다' 라고 하신 건, 말하는 방법은 문제가 있지만…… 그 케이크가 별로라고 한 사람이 있다는 뜻이죠. 그런 말을 할 수 있는 사람은 주인공뿐이 아닐까 해서요……."

내심 동정은 했지만 무심코 비꼬는 말투가 튀어나왔다.

"우리 케이크가 마음에 들지 않는 것과는 별개로 상사의 뒤치다꺼리를 하는 건 힘들죠."

"아뇨아뇨아뇨! 아닙니다! 그런 게 아닙니다!"

그는 고개를 저으며 내가 아닌 코바야시 씨를 향해 황급히 변명했다.

"먹진 않았지만 맛있어 보였습니다. 다른 사람들도 맛있다 맛있어 하면서 엄청 잘 먹었어요."

"하지만 손님은 안 드셨죠?"

플로어의 조명을 어둡게 낮춰놓은 탓에 코바야시 씨의 얼굴에 그림자가 드리워져 있었다. 입가에는 미소를 짓고 있었고 어디까지나 정중한 말투였지만 폭풍의 전조를 예감하게 했다.

겁에 질린 카와노 씨는 말을 할까 말까 망설이듯 이마를 짚으며 힘없이 그 자리에 주저앉았다. 그리고 깊은 한숨을 내쉬며 말했다.

"대체 왜 이렇게 된 걸까요……."

그럴 생각은 없었지만 왠지 코바야시 씨와 내가 둘이서 그를 괴롭힌 것 같은 모양새였다. 나와 코바야시 씨는 말없이 눈을 마주친 후 치워 뒀던 테이블과 의자를 다시 세팅했다.

"괜찮으면 이야기를 들려주시겠습니까."

코바야시 씨의 말에 카와노 씨는 또다시 작게 한숨을 쉬었다. 종이봉투를 테이블에 놓고 지친 표정으로 의자에 앉았다.

"어릴 때부터 오래된 집에서 할아버지 할머니와 함께 살았습니다. 집안 곳곳이 망가져서 자주 공무소에 드나들었는데, 근육질 형님들이 사다리를 타고 올라가서 척척 홈통을 고치는 모습이 작고 비쩍 마른 저한테는 멋있어 보였죠. 동경했습니다."

아니, 그렇게까지 거슬러 올라간다고? 나는 깜짝 놀랐다. 하지만 코바야시 씨는 다음 말을 재촉하듯 고개를 끄덕였다.

"고등학교를 졸업하자마자 바로 일하려고 했습니다. 하지만 할아버지가…… 제가 고3 때 가을에 심장 수술을 하셔서 이래저래 경황이 없었죠. 다행히 잘 회복하셨지만 그 후에도 이래저래 사정이 있어서 취직을 못하고 아르바이트만 뛰었습니다. 작년 겨울 고등학교 담임선생님과 동네에서 우연히 마주쳤는데, 엄격하지만 믿을 수 있는 분이라며 이도 사장님을 소개해 주셨죠. 언변도 대단하고 실력도 뛰어나고, 지금도 현역으로 뛰면서 지붕에도 훽훽 올라가시더라고요. 저도 빨리 그렇게 되고 싶었죠. 그런데 지난달에 부사장님이…… 아, 부사장님은 사장님 따님인데요, 아무튼 '좋아하는 케이크 있어?' 라고 물으시는 거예요. 그래서 생크림을 못 먹는다고 대답했죠. 선배한테 '생일을 축하받는 건 동료가 되었다는 증거' 라고 들어서 됐다, 이번엔 내 차례다, 라고 기뻐했는데……."

그렇게 말하면서도 그의 표정과 목소리는 어둡게 가라앉아 있었다. 손깍지를 낀 손을 물끄러미 바라보며 그는 작게 중얼거렸다.

"생크림 케이크를 보고 충격을 받았어요……. 내가 일을 못한다고 비꼬는 걸까 하고. 그래서 그만……. 사장님께 음험한 영감이라고 말해 버렸어요. 씩씩거리며 나가더니 돌아오자마자 '사과하고 와라' 라면서 여기 카드를 주더군요. 부사장님께 얘기를 듣고 나서야 겨우 케이크를 만든 게 이 가게고 소개해 준 사람이 사장님의 오랜 거래처라는 걸 알았어요. 체면이 금이 가지 않게 저한테 가서 사과하라고 하더군요."

이도 씨가 왜 그런 행동을 했는지 조금 알 것 같았지만 역시 이해할 수 없었다.

카와노 씨가 생크림을 싫어한다는 걸 잊어버리고 주문해 놓고 그걸 가게 책임으로 돌렸다. 코바야시 씨가 모순을 지적하자 죄 없는 카와노 씨를 사과하러 보냈다.

"너무하네요……."

그것 말고는 할 말이 없었다.

"매일 때려치우라고 그러시는데, 절 싫어하는 걸까요……."

"이해해요. 저도 이도 씨가 막 소리를 치는 바람에 접객에 소질이 없는 걸까 고민했거든요……. 그런 말을 매일 듣는다고 상상하면……."

아련한 눈으로 중얼거리는 그를 바라보며 동의했다. 동경하는 일과 현실의 갭. 둘이서 돌림노래처럼 한숨을 쉬고 있을 때 코바야시 씨가 말했다.

"이미 케이크 대금은 받았으니 이건 받을 수 없습니다."

"하지만 저도 곤란합니다."

"……그럼 가게가 아닌 저 개인으로서 받겠습니다. 그 대신 생일을 축하하는 의미로 갓 구웠을 때밖에 맛볼 수 없는 케이크를 선물하게 해 주세요."

30분 정도 기다린 끝에 나온 것은 노릇노릇한 표면이 코코트 그릇 밖으로 튀어나온 수플레였다.

은은하고 달콤한 향이 공기 속에 퍼졌다. 먹기도 전부터 입안에 침이 고인다. 내 것도 챙겨 줬지만 카와노 씨가 첫 한입을 먹을 때까지 참아야지. 하지만 그는 미지의 생물을 보는 것처럼 수플레를 물끄러미 쳐다보기만 했다.

"……이게 뭡니까?"

"수플레입니다. 머랭으로 폭신하게 구운 디저트인데 프랑스어로 '부풀어 오르다' 라는 뜻이죠. 금방 꺼지니까 만들자마자 먹어야 합니다."

"호오……. 이름 그대로네요."

카와노 씨가 시큰둥하게 중얼거리며 수플레에 스푼을 꽂았다. 그리고 스푼을 입에 넣은 순간 그의 표정이 환하게 빛났다.

"이거 장난 아니네. 폭신폭신해!"

"잘 먹겠습니다!"

나도 더는 참지 못하고 스푼을 쥐었다. 가루 설탕을 뿌린 표면에 스푼 끝이 파묻혔다. 하얀 김이 화악 피어오르고 바닐라 빈의 향기가 짙어진다. 그것만으로도 기대감이 높아졌다.

폭신폭신을 뛰어넘어 퐁신퐁신한 수플레는 무스처럼 매끄러우면서 안에 남아 있는 열기가 입안을 찐득하게 휘감는다. 바깥의 살짝 탄 부분은 바삭바삭해서 재미있는 식감의 차이를 만들어 냈다.

점차 납작해지는 수플레를 경쟁하듯 단숨에 먹어 치웠다. 눈 깜짝할 사이에 비어 버린 코코트 그릇을 허전한 듯이 쳐다보며 카와노 씨가 말했다.

"……점장님은 젊고 가게도 있고 잘생기고, 이 짧은 시간에 이렇게 맛있는 걸 만들 수 있다면 분명히 인기도 많겠죠. 고민 같은 건 없겠네요."

선망의 한숨을 쉬는 그를 따라 나도 고개를 끄덕였다.

"아뇨, 있습니다."

"에이, 그럴 리가요. 위로하려고 대충 하는 말이죠?"

카와노 씨가 자조적으로 웃었지만 코바야시 씨는 조용히 고개를 저었다. 망설이듯 말하기를 주저하던 그는 카와노 씨의 "역시 인생 이지모드네요."라는 중얼거림을 듣고 이야기를 시작했다.

"개점 초에는…… 이트인 손님을 받지 않았습니다. 바쁘기도 했지만 좀 더 맛에 집중하고 싶었죠. 폭넓게 서비스하려다가는 결국 전부 불완전해질 것 같은 기분이 들었습니다. 손님이 좀처럼 늘지 않아도 맛만 좋으면 어떻게든 될 거라고 생각했을 때 이도 님을 소개해 주신 타카하시 님이 '젊은데 여유가 없네.' 라며 웃으시더군요. 그리고 이렇게 말씀하셨습니다."

당시를 떠올린 것일까, 문득 그의 입가에 미소가 번졌다. 내가 줄곧 보고 싶었던 부드러운 표정이었다.

" '하고 싶지 않은 일을 해 보면 어떨까?' 라고. 그런 제안을 받은 적은 처음이라 당황했습니다. 하지만 타카하시 님의 인품 때문인지 이상하게 설득력이 있더군요. 그래서 이트인을 시작했습니다."

그게 여기라고 말하는 것처럼 그가 양팔을 벌렸다. 어쩐지 테이블 수가 적더라니 나중에 만들어서 이렇게 좁은 거였다.

카와노 씨가 몸을 앞으로 내밀며 물었다.

"그래서 어떻게 됐습니까?"

"이트인을 시작하자 손님들의 얼굴이 보이더군요. 자신이 생각하는 이상적인 맛이 아니라 손님들이 기뻐하는 맛. 그 덕분인지 지금은 완판되는 날도 있습니다."

꽤나 겸손한 표현이다. 내가 아르바이트를 시작한 후로 완판되지 않은 날은 없었다.

"그러니까 적성에 맞는지 아닌지 고민하는 것보다 전혀 다른 시점에서 길이 열리는 경우도 있을지 모릅니다."

코바야시 씨의 말은 카와노 씨만을 향하고 있는 것 같지 않았다. 나에게, 그리고 다른 누구도 아닌 스스로에게 들려주는 말 같았다.

과거 얘기를 들을 수 있어서 기쁘지만 조금 씁쓸하다. 그가 이 얘기를 하기로 마음먹은 것은 어디까지나 카와노 씨를 위해서였으니까.

나한테는 '가르쳐 줄 의무는 없다.' 라고 했으면서, 내가 발을 들여놓으면 안 되는 영역을 처음 만난 카와노 씨에게는 허락하는구나 라는 생각이 들었다. 조금 상처 입었지만 그런 점이 코바야시 씨답기는 하다.

주문한 대로 만든 케이크에 컴플레인을 걸어도 그 관계자를 다독거려 준다. 내가 하얀 딸기 케이크를 만들어 달라고 했을 때도 어쩌면 카드를 방패 삼지 않았어도 만들어 주지 않았을까. 그런 생각마저 들었다.

그가 상냥한 표정을 짓는 것은 누군가의 마음을 위로해 줄 때니까.

카와노 씨는 코바야시 씨가 부척 마음에 들었는지 둘이서 술을 마시러 가기로 했다. 미성년자인 나는 먼저 집으로 돌아왔다. 집에 도착하자 엄마가 현관에서 나를 맞이했다.

"늦었잖니! 연락 정도는 했어야지!"

"미안해……. 깜빡했어. 하늘이 밝아서 그만."

변명하며 엄마 옆을 지나 부엌으로 향했다. 수플레는 맛있었지만 양이 적어서 역시 배가 고팠다. 먼저 밥을 먹고 있던 동생이 나를 보고 웃었다.

"왜 이렇게 늦어. 탕수육 속 파인애플은 은 내가 다 먹었어."

"상관없어."

동생에게 대꾸하며 밥을 펐다.

"모모 너어, 내 말 아직 안 끝났거든."

그렇게 말하면서도 엄마는 된장국 냄비에 불을 붙였다. 밥은 즐겁게 먹어야 한다는 가족 간의 약속 때문에 식사 중 설교는 금지다. 이대로 어영부영 넘어갔으면 좋겠다고 생각하며 자리에 앉았다.

"잘 먹겠습니다."

손을 모으고 나서 젓가락을 들다가 문득 정면이 빈자리라는 사실을 깨달았다. 내 젓가락과 젓가락 받침대는 준비되어 있었는데 아빠 것은 없다. 오늘은 토요일이니까 아마 돌아오지 않겠지.

식탁에 앉아 있는 사람이 넷이 아니라는 사실을 뒤늦게 깨달은 것은 셋만 있는 게 더 자연스러웠으니까. 하지만 그게 일반 가정과 다르다는 것쯤은 알고 있다.

뭔가가 마음속에 걸리는 기분이다.

한 가지 기억을 퍼뜩 떠올리며 허둥지둥 코바야시 씨에게 전화를 걸었다. 벨소리가 울리는 동안 내 방으로 향했다. 곧 시끄러운 가게의 소음을 배경으로 그의 목소리가 들렸다.

"여보세요?"

"아, 죄송해요. 모모예요. 어쩌면 아무 의미도 없을지 모르지만, 하지만 굉장히 중요할지도 모르는 일이에요."

"말해 봐."

주위의 소음에 지지 않도록 그가 평소보다 큰소리로 말했다. 사람에 따라서는 화가 났나 싶을 만한 성량이었지만 내게는 그의 허락이 무엇보다 든든했다.

잠자코 있어도 결코 발각되지 않을 사실을, 없었던 일로 할 수 있었던 나의 실수를 털어놓을 용기가 생겼다.

"이도 씨는 '보통 케이크' 라고 하셨어요. 생크림이라고 하진 않았어요. 보통 케이크라는 말을 듣고 제가 멋대로 그렇게 생각한 거예요. 죄송해요……."

말하는 동안 점점 불안해졌다.

정말 털어놨어야 했나? 자신의 부족함을 드러낸 것뿐 아닐까.

문득 전화기 너머 들려오던 소음이 멈췄다. 화장실에라도 들어간 걸까, 선명해진 그의 목소리가 물었다.

"보통 케이크?"

"네, 보통 케이크."

"잘 떠올렸어. 왜 주문대로 만들지 않았냐고 했는지 알겠군."

"정말인가요?"

놀랍다. 그 말만 듣고 알아차리다니 코바야시 씨는 굉장해. 하지만 이걸로 내 실수였다는 게 확실해졌다. 억지를 부려서 채용됐는데 도움이 되기는커녕 민폐만 끼치다니.

"뒷일은 내가 알아서 할 테니까 걱정하지 마."

안심해서 긴장이 풀릴 뻔했지만 재빨리 마음을 다잡았다.

"사과하려는 거죠? 저도 그 자리에 함께하게 해 주세요."

"책임자는 나야. 앞으로 실수하지 않으면 돼."

솔직히 말하면 그의 말대로 하고 싶었다. 어른들의 대화에 끼어드는 게 좋지 않다는 것쯤은 알고 있다. 또 이도 씨한테 혼날지도 모른다고 생각하면 몸이 움츠러든다.

"내 말 때문이야? 하고 싶지 않은 일을 하라고 했던 말. 하지만 이번 일은 아무래도……."

"아니에요! 그게 아니라……."

코바야시 씨에게는 본받고 싶은 점이 잔뜩 있지만 오늘은 아니다.

"저는 케이크 사는 걸 좋아해요. 먹는 것도 좋지만 케이크를 고르고 집으로 돌아갈 때까지가 제일 좋아요. 맛을 상상하면 두근두근해요. 케이크를 찾으러 왔을 때 이도 씨는 기분이 좋아 보였어요. 분명 카와노 씨가 기뻐하는 얼굴을 상상하며 즐거웠을 거예요. 하지만…… 저 때문에 그 기분을 망치고 말았어요."

내가 그렇게 말하자 그는 작게 한숨을 쉬었다. 어이없어하고 있을 얼굴이 뇌리에 떠올랐다. 하지만 그런 표정을 지을 때의 그는 결코 나를 버리지 않는다.

"알았어. 하지만 내 방식을 따라 줘야 돼."

"네!"

그 말을 기다렸습니다! 라는 듯이 밝게 대답하자 그가 말을 이었다.

"각오해 둬."

그런 위험한 한마디를 남기고 전화는 끊겼다.

3

일요일에도 3시쯤 케이크가 완판되었다.

오가타 씨는 볼일이 있는지 그 후 곧 돌아갔고 나와 코바야시 씨 둘만 남았지만 그는 아까부터 통화 중이다. 어제 일을 물어볼 타이밍을 노리고 있을 때 곧 통화를 마친 그가 대놓고 물었다.

"너희 아버지 진짜로 오시는 거 맞아?"

"우."

그 문제도 있었지.

"카와노가 이도 사장님을 우리 가게로 데려오겠다더군. 아마 6시 전후쯤일 거야. 그때에 맞춰서 준비를 하고 싶은데."

"위에서 아빠한테 전화해 봐도 될까요……?"

"그래."

2층으로 올라가서 스마트폰으로 집에 전화를 걸었다. 아무도 받지 않았다. 엄마와는 서로 LINE에 등록되어 있지만 아빠는 아니다. 애초에 휴대폰 번호조차 모른다…….

뭐든지 인터넷으로 조사할 수 있는 시대인데 아빠에게 연락할 방법이 없다니. 왠지 나 자신에게 실망하며 1층으로 내려왔다.

"죄송해요, 아마 안 오실 거예요."

"그렇다면 네 케이크를 만들려고 남겨 둔 케이크 시트를 써도 될까?"

준비해 준 것을 기뻐해야 할까, 그걸 다른 곳에 쓰게 된 걸 슬퍼해야 할까. 그런 게 있으면 내 생일 케이크나 만들어 주지. 그렇게 생각하며 물었다.

"어디에 쓰실 건데요?"

"보통 케이크를 만들려고."

"……쓰세요."

마음속으로 눈물을 흘리며 그렇게 대답할 수밖에 없었다.

6시가 되자 코바야시 씨가 문에 걸어놓은 말발굽을 떼기 위해 밖으로 나갔다. 근처에서 말소리가 들려왔다. 아니, 일방적으로 떠드는 소리였다.

"와 내가 이런 데 와야 하는 기가!"

"글쎄, 사과하겠다잖아요."

"그라믄 저쪽에서 와야 되는 거 아이가!"

하얀 트럭 조수석에서 고집스럽게 내리지 않고 버티는 이도 씨와 내리게 하려고 애쓰는 카와노 씨.

얼른 달려가자 안 그래도 잔뜩 화가 나 있던 이도 씨가 나를 보고 얼굴을 더욱 일그러뜨리며 핏발 선 눈으로 노려보았다. 사과하려고 했는데 막상 마주하니 무섭다. 주먹을 꾸욱 움켜쥐며 꾸벅 머리를 숙였다.

"죄송했습니다!"

"흥! 재수 없는 주인이 하는 가게에 가지 않아도 케이크는 아무 데서나 먹을 수 있다."

고함 소리에 고막뿐 아니라 살갗마저 떨리는 느낌이었다. 내 주변에 이런 사람은 없었다.

불만을 마음속에 숨기고 있는 엄마와 없는 거나 다름없는 아빠.

그에 비하면 이도 씨는 무엇 때문에 화가 났는지 알기 쉽다. 비꼬는 듯한 그의 말이 오히려 내 등을 떠밀었다.

"하지만 이도 씨가 바라는 케이크를 만들 수 있는 사람은 아마 코바야시 씨뿐일 거예요. 어째서 케이크가 주문대로 만들어지지 않았는지 알고 싶지 않나요? 저는 알고 싶어요."

"저도 알고 싶습니다."

카와노 씨가 진지한 얼굴로 고개를 끄덕였다.

"어제는 음험하다고 말씀드렸지만 사실은 노망나신 줄 알았습니다. 사장님은 빙 돌려서 심술을 부릴 분이 아니니까 오히려 그 가정이 더 그럴듯했거든요. 하지만 형님……이 아니라 코바야시 씨가 그건 아닌 것 같다고 하더라구요. 그러니까 알고 싶어요. 저를 위해서라도 부탁드립니다!"

생각보다 더 코바야시 씨에게 마음을 터놓은 모양이다. 이도 씨는 그것조차 화가 나는 것처럼 얼굴을 찡그렸다. 혀를 차며 작업복 가슴 주머니에서 담배와 라이터를 꺼내 불을 붙였다.

뺨이 움푹 패일 만큼 깊게 연기를 들이마시자 치지직 담배 끝이 타들어 갔다. 문득 이도 씨가 우리를 향해 새하얀 연기를 내뱉었다. 뭐 이런 사람이 다 있지. 내가 기침을 하자 그는 낄낄 웃음을 터뜨렸다.

"하이고, 이게 뭐 하는 짓이고. 나이도 먹을 만큼 먹어서 케이크 때문에 싸우다니 시간 낭비 아이가……. 카와노, 이럴 시간이 있으면 일이라도 하나 배워라."

"하지만 사장님, 저는 꼭."

"내는 도저히 더는 몬 하겠다. 닭살이 돋아서 온몸이 근지럽구마……. 그러니까 후딱 끝내자. 거기 비키라."

이도 씨는 목 언저리를 긁적긁적 긁는 시늉을 하며 차 안의 재떨이에 담배를 비벼 껐다. 우리가 어리둥절하는 동안 트럭에서 내려 가게로 걸어가기 시작했다. 아까는 알기 쉽다고 생각했는데 역시 특이한 할아버지다.

이도 씨가 문 앞에서 멈춰 서서 팔짱을 끼고 있어서 내가 문을 열자 안에서 코바야시 씨가 깊게 머리를 숙이고 있었다.

"죄송했습니다."

이도 씨는 거칠게 콧김을 뿜었다.

"알면 됐다."

"말로 설명 드리는 것보다 실제로 드셔 보시면 더 확실할 것 같아서 준비했습니다. 이게 이도 씨가 원하셨던 케이크입니다."

그렇게 말하며 코바야시 씨는 테이블 위의 홀케이크를 가리켰다. 카와노 씨가 제일 먼저 다가가서 실망한 듯이 어깨를 떨궜다.

"역시 생크림이잖습니까……. 저 생크림 싫어하는데요."

나도 옆으로 다가가서 물끄러미 관찰했다. 지난번 홀케이크와의 차이는 딸기를 얹지 않았다는 것 정도. 이번에는 크림으로 만든 장미꽃이 장식되어 있었다.

"딸기 말고 뭐가…… 아!"

그렇게 말하며 뒤를 돌아보자 코바야시 씨가 날이 긴 부엌칼을 쥐고 있었다. 잠깐만 생각해도 당연히 케이크를 자르기 위해서라는 걸 알겠지만 그래도 그 비주얼에 흠칫하고 말았다.

투덜거리던 카와노 씨는 더더욱 놀랐는지 재빨리 의자를 방패로 삼았다.

"형님, 죄송합니다! 하지만, 그래도, 그치만."

말을 잇지 못하는 그를 무시하고 코바야시 씨는 마치 일본도로 종이를 자르는 것처럼 케이크를 커팅했다. 그리고 8분의 1로 자른 케이크를 각각 접시에 담았다. 단면을 살펴보자 케이크 시트 사이에 크림만 바른 심플한 구조였다.

일단 주방으로 돌아간 코바야시 씨는 부엌칼 대신 작은 초를 들고 돌아와서 케이크에 깊숙이 꽂았다.

"이도 님은 담배를 피우시죠? 라이터나 성냥이 있으면 불을 붙여도 괜찮습니다만?"

"내가 왜."

"이도 님이 원하신 건 생일 케이크였으니까요. 모모, 박수 쳐."

"네? 아, 네!"

당황하며 박수를 치자 이도 씨가 귀찮은 듯이 촛불에 불을 붙였다. 코바야시 씨가 감정이 담기지 않은 목소리로 담담하게 생일 축하 노래를 불렀다. 목소리가 좋은 만큼 더더욱 기괴해서 살짝 소름이 끼쳤다.

그 분위기에 휩쓸렸는지 카와노 씨가 마지못해 불을 끄고 포크를 쥐었다. 그리고 쳐다보기도 싫은 것처럼 눈을 감고 케이크를 먹었다. 천천히 움직이던 입이 멈췄다.

"……어라?"

어리둥절한 얼굴로 케이크를 쳐다보고 다시 한입. 고개를 갸웃거리며 다시 한입.

그 의아한 얼굴에 이끌려 나도 포크를 들었다. 마치 막 해동한 것처럼 크림이 살짝 단단하다. 그 사실에 위화감을 느끼며 입에 넣자 상상했던 생크림의 부드럽고 가벼운 감촉이 아닌 묵직한 감촉이 혀끝에 느껴졌다. 아는 맛 같으면서도 처음 먹어보는 맛이다.

"이거…… 생크림이 아니네요?"

내 물음에 코바야시 씨가 고개를 끄덕였다.

"이건 버터크림이야. 버터에 시럽과 달걀을 넣어서 만든 버터크림은 형태를 잘 유지하고 작업 효율이 좋지. 유통 기한도 길어. 현재 홀케이크 형태로는 찾아보기 힘들지만 부모님께 물어보면 추억의 맛이라고 할 거야. 생크림과 버터크림은 보기에는 구별하기 힘들지. 특히 잘 모르는 세대라면 더더욱."

거기까지 말한 후 이도 씨를 돌아보며 케이크를 내밀었다.

"냉장 쇼케이스가 보급되기 시작한 1960년대 전까지는 유통기한이 긴 버터크림 케이크가 일반적이었다고 합니다. 이도 님은 스위츠에 별 관심이 없으신 것 같으니 어린 시절 먹었던 맛이야말로 '보통'이라는 인식을 갖고 계실지도 모른다는 사실을 깨달았죠. 시식을 부탁드려도 될까요?"

처음에는 손을 대려고 하지 않았지만 결국 이도 씨는 모두의 시선을 견딜 수 없었는지 케이크를 한입 먹었다. 미간에 새겨졌던 깊은 주름이 추억의 맛을 음미하는 것처럼 누그러졌다.

"그래……. 이 맛이야."

"시간이 걸려서 죄송합니다. 전부 제 지도가 부족했던 탓입니다."

코바야시 씨가 깊이 머리를 숙였다. 나도 허둥지둥 옆에 서서 머리를 숙였다.

"제 착각 때문이에요. 죄송합니다."

쏟아질 욕설에 대비해서 몸을 움츠렸다. 하지만 아무리 기다려도 고함 소리는 들리지 않았다. 머뭇머뭇 고개를 들자 이도 씨는 우적우적 케이크를 먹는 카와노 씨를 바라보고 있었다.

"카와노, 너."

"하지만 사장님이 절 위해 준비해 주신 거잖습니까? 기억하고 계셨군요. 저를 싫어하는 줄 알았는데."

"와 그런 바보 같은 생각을."

"얼굴만 보면 쓸모없다, 소질이 없다, 때려치우라고 하셨으니까요."

"그건 다 니를 생각해서 한 말이다!"

짜증 섞인 목소리로 말하는 이도 씨를 바라보며 카와노 씨가 의자에서 일어섰다.

"날 위해서라면 왜 그만두라고 하는 거야!"

그가 깍듯한 존댓말을 집어치운 것은 처음이었다. 그것은 분명 숨길 수 없는 진심이었다. 그 진지한 표정에 이도 씨마저 입을 다물었다.

오해가 풀린 줄 알았는데 또 엇갈린다. 물론 이도 씨의 말투가 험한 것이 잘못이다. 진심이 아니라는 걸 아니까 평소에는 무시할 수 있어도 마음이 약해졌을 때는 상처받게 된다. 그게 존경하는 사람의 말이라면 더더욱 그렇다.

"괜찮으면 또 다른 케이크를 드셔 보시지 않겠습니까?"

마치 분위기를 파악하지 못하는 사람처럼 코바야시 씨가 말했다.

"방금 드신 케이크는 추억을 이미지해서 만든 겁니다. 그리고 이번 케이크는 현대를 이미지해서 만들었죠. 머랭을 듬뿍 넣은 버터크림에 프랑부아즈(라즈베리) 크림을 섞어서 산뜻하고 진한 맛입니다."

코바야시 씨가 새로운 케이크를 갖고 왔다. 그리고 또다시 좀 전의 부엌칼을 꺼내서 커팅한 후 크림을 행주로 닦으려다가 셰프복 소매에 묻혔다.

"아앗, 실수했다."

국어책을 읽는 듯한 중얼거림이 작위적으로 들렸다.

"직업상 작업복인 셰프복은 자주 더러워지곤 하죠. 저희 가게는 한꺼번에 클리닝을 맡깁니다만 이도 씨는 어떻습니까?"

그 물음에 이도 씨는 통명한 얼굴로 대답했다.

"……직원들이 집에서 빤다."

"그렇군요. 그럼 잘못 가져가는 일도 거의 없겠네요. 애초에 이름도 수놓아져 있고. 어라? 왜 이도 씨 작업복에는 회사 이름밖에 없나요?"

"경비를 아낄라고 그라지. 이름을 수놓는 것도 다 돈이 들어가니까."

"그렇습니다. 합리적인 이도 님은 진심으로 그만뒀으면 하는 직원의 이름을 작업복에 박아넣지 않죠."

그 말에 깜짝 놀라며 카와노 씨를 돌아보았다.

'생일을 축하해 주는 건 동료가 되었다는 증거니까.'

카와노 씨는 그렇게 말했지만 증거는 눈에 보이는 형태로 오래전부터 존재했다. 가게 이름과 함께 새겨진 그의 이름. 이도 씨와 같은 고용주 입장인 만큼 코바야시 씨는 그 속에 담긴 응원을 눈치 챘다.

하지만 그걸 그대로 입에 담으면 이도 씨는 부정할 게 뻔하고 카와노 씨의 마음에도 닿지 않을 것이다. 그 작위적인 실수는 이도 씨의 입에서 작업복 얘기를 끄집어내기 위해서였다.

카와노 씨는 부들부들 어깨를 떨며 자수와 함께 작업복 가슴 주머니를 움켜쥐었다.

"사장님! 전 정년까지 이거 입을 겁니다!"

그리고 버터크림이 묻은 입술을 커다랗게 벌리며 웃었다. 그 모습을 본 이도 씨가 카와노 씨의 머리를 찰싹 때렸다.

"에라, 이 한심한 놈아. 내가 니 때문에 맘 놓고 은퇴도 못한다 아이가."

말투도 험악하고 얼굴은 잔뜩 찡그리고 있었지만 그래도 내 눈에는 어딘가 기뻐 보였다.

먹고 남은 추억의 맛 버터케이크는 카와노 씨가 갖고 가기로 했다. 커팅은 했지만 손은 대지 않은(이라는 표현은 이상하지만) 현대식 버터크림 케이크는 내가 통째로 받았다.

하얀 트럭을 배웅한 후 문득 생각나서 코바야시 씨에게 물었다.

"그러고 보니 각오하라는 건 무슨 뜻이었나요?"

"그거 말이냐. 동물성 생크림은 100g에 약 430kcal이지만 무염버터는 100g당 약 760kcal. 게다가 거기에 그래뉴당과 달걀을 더하면 총 칼로리는 얼마일 것 같아? 뭐, 당질과 지방도 신경 써야겠지만."

"……그런 건 먹기 전에 말해 주실래요?"

코바야시 씨가 웬일로 쉽게 대답해 줬다. 물어보는 게 아니었다고 후회했다.

"그럼 케이크는 두고 갈래?"

"갖고 갈래요. 운동하면 돼요!"

월요일 체육 시간에 오래달리기가 있다는 사실을 고맙게 생각할 날이 올 줄은 미처 몰랐다. 코바야시 씨는 놀리듯이 웃었다.

"좋은 대답이군. 다음 토요일에도 끈질기게 나와라."

웃는 얼굴로 그렇게 말하다니 어떤 의미로 '생일 축하해' 보다 레어할지도 모른다.

코바야시 씨가 만든 홀케이크를 들고 집에 가는 것은 이걸로 두 번째. 게다가 이번에는 통째로 한 개다.

집에 도착한 것은 8시가 넘은 시간이었다. 버스 안에서 엄마한테 메시지를 보냈지만 답장을 보기가 무서워서 확인하지 않았다.

현관에 아빠 신발이 없었다.

오늘도 집에 없는 모양이다.

식탁에는 1인분의 저녁 식사가 남아 있었다. 냉장고에 홀케이크를 넣을 자리를 만들고 있을 때 등 뒤에서 엄마 목소리가 들렸다.

"오늘도 늦었구나. 통금시간이니 뭐니 엄하게 굴고 싶진 않지만 한번쯤 점장님과 얘기를 해 봐야겠는걸."

"폐점 시간까지 남아 있게 해 달라고 부탁했어. 아빠가 케이크 주문을 하러 올지도 모른다고."

뒤를 돌아보자 엄마는 계속 말해 보라는 듯이 입을 다물고 있었다.

"아빠는 안 왔어."

"그런 사람이니까……. 항상 말만 앞서지."

"엄마가 그렇게 생각하는 건 알아. 하지만 뭔가 이유가 있을지도 모르니까 물어보고 싶어."

"항상 막차를 타고 돌아오잖니. 모모 넌 내일도 학교에 가야 되니까 엄마가 물어볼게."

"아니, 직접 말할래."

"갑자기 왜 그래."

엄마의 표정이 어두워졌다. 당황하기보다는 애쓰고 있다는 것을 알았다.

내가 상처받을까 봐 두려워서. 하지만 그 말을 하는 것을 망설이고 있다. 엄마의 불안한 얼굴을 똑바로 응시했다. 내 결심이 굳은 것을 깨달았는지 결국 엄마는 고개를 끄덕였다.

"아빠한테 연락할 테니까 먼저 밥 먹으렴."

아빠가 집에 들어온 것은 11시가 넘어서였다. 거실에서 졸고 있을 때 발소리가 들려서 퍼뜩 눈을 떴다. 아빠는 나를 보고 한 순간 겸연쩍은 표정을 지었지만 곧 얼굴을 다잡았다.

"할 얘기가 있다면서. 진로 문제냐? 내일도 학교에 가야 되는데 늦게까지 깨어 있으면 쓰나."

뜻밖에도 엄마와 똑같은 말을 하시네.

"엄마가 연락했는데 왜 이렇게 늦었어?"

"연락을 못 봤다. 어쩔 수 없잖니."

"할 애기라는 건 진로 문제가 아니라 케이크 애기야. 왜 주문하러 안 왔어?"

그러자 아빠는 웃었다.

"뭔가 했더니 케이크 애기였냐? 하여간 어린애구나. 이미 예약해 놨다. 근처 케이크 가게에서 이렇게 커다란 걸로."

자랑스럽게 양손으로 동그라미를 그리는 아빠를 보니 어이가 없었다.

"쇼우가 부탁한 건 내가 아르바이트하는 가게의 케이크야."

"하지만 주말만 영업한다면서? 케이크 가게의 케이크는 유통기한이 당일까지라 내일은 먹을 수가 없잖니. 게다가……부모가 아르바이트하는 곳에 가면 네가 어색할 것 아니냐?"

사춘기 딸의 섬세한 마음을 아는 척하고 싶은 모양이다.

기다리길 잘했다. 아빠에게는 아빠 나름의 이유가 있다는 걸 알았으니까. 하지만 그 배려는 완전히 잘못 짚은 것이다.

내 우선 사항은 '코바야시 씨가 만든' 생일 케이크.

하지만 아빠의 우선 사항은 '생일 케이크'.

그러고 보니 어릴 적 생일 선물을 줄 때도 비슷한 일이 있었다. 나는 리카 인형을 갖고 싶었는데 아빠가 사 온 건 다른 인형이었다. 인형의 집도 있다고 자랑스럽게 말했지만 엄마는 그 인형이 아니라는 걸 눈치 챘다. 부모님이 말다툼을 시작하는 바람에 나는 재빨리 억지로 웃었다.

"고마워, 아빠. 이런 걸 갖고 싶었어."

하지만 그때 동생은 선물로 받은 미니카 상자를 열어 보지도 않았다. 고집스럽게 이게 아니라고 주장했다.

올해 생일에 선물을 요구하지 않는 우리를 아빠는 '욕심이 없다' 라고 했지만 그게 정말 좋은 일일까? 그저 포기하는 버릇이 생긴 것뿐 아닐까.

졸라 봤자 진짜로 원하는 건 안 주니까.

"쇼우가 왜 내가 아르바이트하는 곳에서 파는 케이크를 나 말고 아빠한테 사 오라고 부탁했는지 알아?"

"그거야 커다란 케이크를 사 달라고 그런 거겠지."

나와 엄마는 아는 것을 아빠는 모른다. 그걸 지적하는 건 아빠를 책망하는 것 같아서 죄책감이 느껴진다.

하지만 진심을 전하는 것은 결코 나쁜 게 아니다. 서로를 생각하면서도 엇갈려 버린 이도 씨와 카와노 씨를 보며 그 사실을 배웠다.

서로 이해할 수 없는 것은 당연하다. 아무리 가족이라도 태어나고 자란 과정도 나이도 성별도 다르니까.

나도 모르게 숙이고 있던 고개를 들었다.

"아니야. 아빠한테 내가 열심히 일하고 있다는 걸 알려 주고 싶었던 거야. 나는 쇼우처럼 진학교에 다니지도 않고, 부활동을 하면서 상을 탄 적도 없어. 하지만 쇼우는 그런 것 때문에 나를 바보 취급하지 않아. 우리 중에서…… 제일 가족 사이를 어떻게든 하고 싶어 하는 건 아마 쇼우일 거야."

의기양양했던 아빠의 얼굴에서 표정이 사라졌다. 아빠가 슬픈 듯이 눈썹을 추욱 늘어뜨리며 중얼거렸다.

" '당신은 다정하지만 다정하지 않아' ……라고 옛날에 엄마가 나한테 그러더구나."

"무슨 뜻이야?"

"상대가 해 주길 바라는 걸 해 주는 게 아니라 내가 해 주고 싶은 대로 하는 상냥함이라고."

아빠는 자조적으로 웃으며 목소리를 낮춰 물었다.

"모모 너…… 성적이나 부활동 같은 걸 신경 쓰고 있었던 거냐? 내가 널 쇼우와 차별한 적은 없잖니?"

"아빠는 그런 적 없지만……."

"그럼 엄마가?"

아빠가 꿈틀 눈썹을 치켜 올렸다. 목소리가 한 톤 낮아졌다. 나는 당황하며 고개를 저었다.

"할머니. 아빠는 할머니랑 같은 마음인 줄 알았어. 왜냐하면…….”

그 다음 말은 하기 힘들었다. 하지만 오늘은 말해야만 해.

아직 진로는 정하지 않았지만, 하지만 고등학교를 졸업하면 나는 이 집을 떠날 것이다. 그리고 지금보다 더욱 아빠와 소원해지겠지.

내가 상처받지 않기 위해 철이 든 척 포기하고, 그게 어른이 되는 거라고 스스로를 타이르면서. 지금까지 그랬던 것처럼. 그런 미래가 눈에 보였다.

'그때 이렇게 말했더라면' 이라고 생각하는 어른은 되고 싶지 않다.

“아빠한테 가족은 할머니 댁 사람들뿐이라고 생각했어.”

아빠는 놀란 것처럼 숨을 삼키며 턱을 떨기 시작했다. 분노의 전조인가 싶어서 몸을 움츠렸지만 그렇지는 않았다. 아빠가 갑자기 목덜미를 벅벅 쥐어뜯었다. 그러다 멈추는가 싶더니 쥐어짜는 듯한 목소리로 중얼거렸다.

“어머니와 잘 지내는 게 너희 엄마를 위하는 길이라고 생각했다……. 내가 어머니께 잘하면 다들 예전처럼 사이좋게 지낼 수 있을 거라고.”

작은 목소리인데도 아빠의 말이 머릿속에서 메아리쳤다.

아빠는 아빠 나름의 방식으로 엄마를 지키려고 했다. 아니, 애초에 할머니도 엄마를 공격할 생각은 없었을 것이다. 나한테 케이크를 먹인 것은 할머니 나름대로 내 달걀 알레르기를 고쳐 주기 위해서였다.

지키려고 하는 마음은 같아도 방법에 따라 결과는 이토록 달라진다.

"그걸…… 엄마한테 말해 줘."

아빠의 진심을 알고 놀라긴 했지만 감동하지는 않았다. 엄마가 날 싫어하는 게 아니라는 걸 알았을 때에는 울었는데.

분명 이게 아빠와 나의 마음의 거리일 것이다.

아빠를 싫어하는 건 아니다. 하지만 좋아하지도 않는다. 왜냐하면 모르니까.

"그러마……. 모모 너한테도 미안하다. 생일은 지났지만 이번 주 토요일에는 꼭 가마. 쇼우한테 무슨 케이크가 좋은지 물어봐야겠군."

아빠의 시선이 동생 방이 있는 2층으로 움직였다. 케이크라는 말을 듣고 떠올렸다.

"케이크라면 있어. 오늘 받았어."

냉장고에서 홀케이크를 꺼냈다. 새삼 단면을 살펴보니 케이크 시트를 안쪽에서 바깥쪽으로 감아서 만들었는지 프랑부와즈 크림이 일정한 간격으로 세로줄을 그리고 있었다. 기념으로 사진을 찍고 있을 때 동생이 부엌에 들어왔다.

아빠가 엄마를 데려온 것은 그로부터 10분 후였다. 둘이서 무슨 얘기를 나눈 걸까. 엄마는 눈이 촉촉하게 젖은 채 나를 향해 작게 미소 지었다.

한밤중에 가족 넷이 잠옷 차림으로 케이크를 둘러쌌다. 조금 이상한 광경이지만 느낌은 나쁘지 않다.

“안이 프랑부와즈 크림이고 바깥은 버터크림이야.”

“버터크림이라니! 그리운걸.”

“요즘도 만드는 가게가 있었구나.”

감상에 젖어 이야기하는 아빠와 엄마를 보고 깜짝 놀랐다. 코바야시 씨가 부모님 세대는 그리워할 거라고 말해 줬지만 우리 엄마 아빠도 그럴 줄은 몰랐다.

“먹어 본 적 있어? 나는 오늘 처음 알았는데?”

“옛날엔 동네 케이크 가게에서 버터크림 케이크를 팔았단다.”

엄마가 그렇게 대답하며 케이크를 한입 먹었다.

“아아, 이 맛이야.”

“그런가? 옛날에는 좀 더 달고 기름 냄새가 났는데 이건 맛있군.”

“난 좀 더 달아도 괜찮을 것 같아.”

다들 감상이 제각각이다. 각자 동의를 구하며 나를 쳐다봤다. 조금 긴장하며 케이크를 입에 넣었다.

아아……. 좋다. 정말 좋다.

가게에서 버터크림 케이크를 먹었을 때는 상상했던 맛과 실제 맛의 차이 때문에 위화감이 커서 맛있다는 생각은 들지 않았다.

하지만 이번에는 마음의 준비가 되어 있기도 하고 코바야시 씨 말대로 머랭을 많이 넣은 덕분인지 그때와는 꽤나 인상이 달랐다. 입에 넣은 순간 버터크림이 사르르 녹는다. 게다가 프랑부와즈 크림은 생크림을 베이스로 만들었기 때문에 버터의 기름진 맛을 과일의 새콤한 맛이 중화해 준다. 촉촉한 케이크 시트와 상성도 좋고 왠지 고상한 어른의 맛이다.

코바야시 씨의 케이크는 먹으면 맛있다는 생각보다 먼저 행복한 충만함이 몸 안에 흘러넘친다. 여운에 젖어 있을 때 옆에서 동생이 케이크로 포크를 뻗었다.

"쇼우!"

"안 먹을 거면 뭐 어때. 게다가 내가 생일 선물로 부탁한 거잖아."

"내가 받은 케이크거든."

"그치만 봐. 저거."

동생이 뭔가를 가리키며 말했다. 케이크를 빼앗으려고 그러는 줄 알았지만 아니었다. 엄마가 "아……." 하고 부드러운 목소리로 중얼거렸다.

"모모와 쇼우의 생일이네."

그 목소리에 이끌려 나도 시계를 쳐다봤다. 12시가 넘어 있었다. 그 시야 끄트머리에서 동생이 케이크를 한입 훔쳐 갔다.

17살이 되자마자 제일 먼저 하는 짓이 그거냐. 어이가 없었지만 그 정도로 코바야시 씨의 케이크가 마음에 드는 모양이라고 생각하기로 했다. 동생과 경쟁하며 발끈하는 것은 16살까지로 충분하다.

“이 케이크 정말 맛있네. 밤중이지만 커피도 같이 마실까.”

“아, 나도 끓여 줘.”

자리에서 일어선 엄마에게 아빠가 말했다.

“네네, 설탕은 안 넣고 말이지.”

“그래. 크림은 넣고.”

그런 자연스러운 대화가 신선했다. 마치 오랜 세월 함께했던 부부 같아서. 뭐 실제로도 그렇지만 우리 집에서는 오랫동안 들을 수 없었던 대화다. 하지만 그 말을 하면 화기애애한 분위기를 망가뜨릴 것 같아서 잠자코 케이크를 먹었다.

고개를 들자 아빠와 눈이 마주쳤다. 전에 저녁을 먹을 때는 눈을 마주치기도 전에 마음이 불편해서 시선을 떨궜지만 오늘은 다르다. 나는 접객으로 단련된 미소를 지었다.

상대가 아빠라고 생각하니 마음의 벽이 높아지는 거다. 당장은 마음을 터놓을 수도 없고 어색하지만 그런 자신을 용서하자. 선입견을 갖고 아는 척하는 게 제일 나쁘다.

예를 들어 단 걸 좋아하지 않는 아빠는 케이크에 관심이 없을 거라고 생각하거나.

"아빠가 어릴 적에 팔았던 케이크 얘기, 더 듣고 싶어."

그렇게 조르자 아빠는 "어땠더라?" 하고 고개를 갸웃거리면서도 이야기를 시작했다. 애매한 기억은 엄마가 거들어 줬다.

이야기의 메인은 케이크에서 당시의 간식거리로 옮겨갔지만 두 분이 번갈아 가며 이야기하는 모습을 보는 게 기뻤다.

맛있는 기억은 마음의 가교가 된다.

코바야시 씨가 추억의 맛을 만드는 것만으로는 만족하지 않고 현대식 버터크림 케이크를 만든 것은 그런 의미가 있지 않을까. 생크림을 싫어하는 카와노 씨도 먹기 좋게 개량한, 세상에 하나뿐인 특별한 케이크. 결과적으로 목표에서는 빗나갔지만 우리 가족을 이어 주는 계기가 되었다.

이도 씨한테 이유 없이 혼났다고 생각했을 때는 접객이 무섭고 어른이 되는 게 불안했다. 하지만 세상에서 제일 무서운 건 무관심이다.

케이크와 스위츠 얘기라면 나는 얼마든지 관심을 갖고 들을 수 있다. 우선은 거기서부터 시작하자.

가족 간에 대화가 시작됐고 나는 소원의 절반인 '코바야시 씨가 만든 생일 케이크' 라는 꿈을 이뤘다.

온통 좋은 일만 가득한 행복한 밤이 지나간다. 두려운 건 나중에 체중을 재는 것뿐이다.

네 번째 접시

웨딩 케이크

Bienvenue à la Pâtisserie Intime!

1

17세의 생일 밤에 LINE으로 코바야시 씨의 메시지가 도착했다. 당연히 '생일 축하해' 라는 말일 줄 알았는데 현실은 가혹했다.

「이번 주 주말에는 안 와도 돼.」

「아니, 완치됐으니까 앞으로 계속 안 와도 돼.」

「아르바이트비 입금해 줄 테니까 계좌번호 가르쳐 줘.」

차례차례 도착하는 메시지들이 비수처럼 마음에 꽂혔다.

코바야시 씨가 다친 게 나을 때까지라고 약속하고 억지를 부려서 일하긴 했지만 그래도 이렇게 일방적으로 끝내다니…….

답장을 보내려다 망설이며 손가락을 머뭇거렸다.

그런가요, 알겠습니다, 고맙습니다?

무난한 말이 머릿속을 스치고 지나간다. 생각이 정리되지 않은 채 코바야시 씨에게 전화를 걸었다.

"안녕하세요, 모모예요. LINE 봤어요. 저어……."

그리고 생일 케이크를 주문하러 오지 않았던 아빠와 계속 사이가 좋지 않았다는 것, 케이크를 계기로 대화를 나눈 것, 내가 열심히 일하는 모습을 보러 아르바이트하는 곳에 오고 싶다고 했다는 것을 얘기했다.

집안 사정을, 그것도 사이가 좋지 않다는 얘기를 할 때면 아무래도 긴장하게 된다.

아빠를 너무 나쁘게 말한 건 아닐까. 나를 너무 좋게 보이려고 포장하진 않았나. 이런 얘기를 하는 바람에 괜히 코바야시 씨를 마음 쓰게 만든 것 아닐까.

하지만 마음을 전하지 못한 채 엇갈리는 무서움을 알고 있기 때문에 솔직해지기로 했다.

"……뻔뻔한 부탁이지만 하루만 더 일하게 해 주세요. 그날 알바비는 필요 없어요. 그리고 지금까지 일한 값도 안 주셔도 돼요. 계속 민폐만 끼쳤는걸요."

"사정이 있으면 다음 주 토요일에 일하러 와. 전에도 말했지만 공짜로 부려 먹을 바에는 일을 안 시킬 거다."

"하지만."

"아르바이트비는 노는 데 쓰지 말고 사회 공부에 써. 기왕 접객하는 법을 배운 김에 일류 제과점에서 기술을 배우거나. 네가 앞으로 뭘 목표로 삼을지는 모르지만 도움이 될 일도 있겠지."

반박할 여지도 없는 말투였다.

도무지 빈틈을 파고들 틈조차 없이 나의 마지막 아르바이트 날이 결정되었다.

즐거워야 할 골든위크가 코바야시 씨와 작별하는 날 카운트다운으로 변해 버렸다.

우울한 것은 개인적인 생활만이 아니었다. 골든위크가 끝나면 중간고사가 기다리고 있다. 장마가 시작되려면 아직 한참 멀었는데도 교실에 나른한 분위기가 떠도는 건 그 때문이리라.

진로에 따라 반이 편성되는 2학년에 올라온 후로 처음 맞이하는 시험이다 보니 쉬는 시간에도 교과서를 펼치는 학생들이 드문드문 보였다. 하지만 그 와중에 나는 프랑스 과자 도감을 펼쳤다.

“모모 넌 여유만만하구나.”

시호가 어이없어하며 말했다. 하지만 내겐 다다음 주 중간고사보다 절대 실수해선 안 되는 토요일이 더 중요하다.

당일에는 아르바이트 첫날보다 두근두근하며 가게 문을 열었다.

“안녕하세요!”

의식적으로 큰소리로 말했다. 하지만 코바야시 씨는 평소와 다름없이 “안녕.”이라고 대답했다.

내게는 특별한 오늘이 그에게는 여느 때와 같은 하루.

다정한 말을 기대했던 건 아니지만 조금 시무룩했다. 계단을 올라가려던 순간 코바야시 씨가 나를 불렀다.

지난주 주말에 일손이 부족하다는 걸 통감했나? 좀 더 일해 주길 바라는 걸까? 옅은 기대를 품고 뒤를 돌아보았다.

"뭐죠?"

"타임카드 빈칸에 은행 이름이랑 계좌 번호 적어놔."

"……네."

또다시 무거운 발걸음으로 계단을 올라 거의 백지에 가까운 5월용 하얀 타임카드에 계좌 번호를 적었다.

뭘까.

임금 체불 뉴스도 심심찮게 들려오는데 그에 비하면 나는 굉장히 복 받은 환경이다. 그건 알지만, 이건 꼭 위자료 같잖아. 코바야시 씨와 함께하면서 즐거웠던 기억이나 감사한 마음, 그런 것들이 전부 돈으로 환산되어 버린 것 같아서 섭섭하다.

그래도 하얀 조리복으로 갈아입고 모자를 쓰자 의식이 전환된다.

오늘 활약하면 앞으로도 와 달라고 할지 몰라.

평소보다 더 빠릿빠릿하게 움직이며 개점 준비를 했다. 잠시 공백이 생겨 버렸지만 충분한 이미지트레이닝 덕분에 계산도 접객도 잘 해낼 수 있었다.

아빠가 가게에 온 것은 내가 미리 말했던 1시가 넘어서였다. 손님들의 발길이 한 차례 잦아들고 많지는 않지만 케이크도 어느 정도 남아 있는 시간대. 자신 없이 문을 연 아빠는 나를 발견한 순간 안심한 것처럼 웃었다. 쇼케이스 앞에 서서 케이크를 물끄러미 살펴본 후 얼굴을 바싹 대고 몰래 물었다.

"추천 메뉴는? 이 중에 뭐가 맛있냐?"

"으음……."

점원으로서 대답해야 할지 딸로서 대답해야 할지 한순간 망설였다. 쇼케이스의 라인업을 흘낏 살펴보자 다른 케이크보다 오페라가 많이 남아 있었다.

"오페라입니다. 초콜릿으로 덮여 있어서 보기에는 달아 보이지만 커피시럽이 스며든 쌉쌀한 케이크 시트에 가나슈와 버터크림이 층을 이루고 있는 프랑스 전통의 맛이죠. 성인 남성에게 잘 맞는 케이크랍니다."

쉬는 동안 공부한 덕분에 술술 설명할 수 있었다. 코바야시 씨가 만든 케이크는 맛있고 저마다 팔릴만한 포인트가 있다. 그에게 믿음이 있는 만큼 자신 있게 팔 수 있다.

"그럼 그걸로 다오. 그리고……."

아빠는 그렇게 말하며 남은 케이크를 모조리 쓸어갈 기세로 주문했다.

무리하지 말라고 말려야 할지도 모른다. 하지만 코바야시 씨의 케이크를 이렇게 많이 먹을 수 있다니 꿈만 같아서 웃는 얼굴로 포스기를 두드렸다. 금액을 본 아빠가 눈을 크게 떴지만 나는 서둘러 케이크를 포장했다.

대량 주문하는 소리가 주방에도 들린 걸까, 코바야시 씨가 밖으로 나왔다. 그리고 아빠를 보며 부드러운 미소를 지었다.

"아. 혹시……."

"모모 아빠입니다."

"아, 역시. 눈매가 꼭 닮았네요."

어라, 그런가? 놀라서 뒤를 돌아보자 아빠가 쑥스러운 듯이 머리를 긁적였다.

"그렇죠! 아기 때도 종종 그런 말을 들었습니다. 코는 엄마를 닮아서 다행이라는 둥."

아빠의 표정이 한층 밝아졌다. 나보다 코바야시 씨가 더 아빠 마음에 드는 것 같다.

"오늘 어떻게 오셨습니까? 차로 오셨나요?"

"네, 차로 왔습니다. 코인 주차장을 찾느라 좀 헤맸죠."

"그렇습니까. 마키노, 차까지 배웅해 드려."

그 말에 먼저 반응한 것은 아빠였다.

"아뇨, 아뇨, 아닙니다. 아무리 아르바이트라지만 일하는 중에 그건 좀."

"아닙니다, 이렇게 많이 사셨는데 당연하죠. 손님을 돕는 것도 일입니다."

결국 내가 포장한 케이크를 들고 아빠와 둘이 코인 주차장까지 걸었다. 걸어가는 동안 역시 대화는 없었다.

오늘 산 케이크에 대해 설명이라도 할까 생각하고 있을 때,

앞서 걷고 있던 아빠가 혼잣말처럼 중얼거렸다.

"이 근처, 옛날 생각이 나는구나."

"응, 유치원 다닐 때 여기 살았었지."

"그때는 매일 잔업의 연속이라 퇴근도 못 하고 힘들었는데. 엄마가 전직하라고 말해 주지 않았다면 어떻게 됐을지……."

"그런 얘긴 처음 들어……."

여기서 이사한 것은 마침 할머니가 나한테 동생 케이크를 먹인 바로 직후였다. 할머니와 거리를 두고 싶어 하는 엄마를 위해 이사한 줄만 알았다.

지금까지 나는 가정 안의 문제밖에 보지 않았지만 아빠는 아빠 나름대로 다른 문제도 안고 있었던 모양이다.

"아이한테는 말할 수 없잖니."

아빠는 강한 척하는 것처럼 웃음기 어린 목소리로 말했다. 그 뒷모습이 갑자기 불안해 보였다. 케이크를 감싸며 뛰어가서 아빠 옆에 나란히 섰다.

"앞으로는 말해."

조금이라도 어른스러워 보이도록 나는 등을 꼿꼿이 펴고 아빠를 올려다보았다. 아빠는 조금 놀란 것처럼 나를 물끄러미 바라보다가 문득 웃었다.

"엄마를 닮아서 다행이구나."

아빠가 나와 걷는 속도를 맞춰 주고 있다는 사실을 깨달았다.

그 뒤로 또다시 침묵이 흘렀지만 이번에는 어색하기보다는 왠지 쑥스러웠다.

아빠를 배웅하고 가게로 돌아오자 문에 걸려 있던 말발굽이 사라져 있었다. 케이크가 전부 팔린 모양이다. 코바야시 씨는 이미 주방 청소를 하고 있었다.

"아빠를 배웅하게 해 주셔서 고맙습니다."

"나야말로 대량 구매해 주셔서 고맙지."

"나랑 아빠랑 진짜 닮았어요?"

"닮았어, 닮았어. 눈이 둘 달린 게 똑같아."

립서비스였나. 어이없는 것 같기도 하고, 안심되는 것 같기도 하고.

"그만 가도 돼."

"플로어 청소가 아직이잖아요?"

"빨리 집에 가서 가족들이랑 단란한 시간을 보내도록 해."

조금 망설였지만 코바야시 씨는 고집이 세서 한번 말을 뱉으면 남의 말은 듣지 않는다. 날 배려해서 하는 말이라는 건 알지만 좀 더 이어질 거라고 생각했던 그와의 시간이 끝나는 게 슬펐다.

미적미적 계단을 올라가서 타임카드를 찍었다. 전에는 어른으로 향하는 한걸음이라고 생각했던 그 소리가 지금은 기계적으로 들렸다.

옷을 갈아입은 후 가방과 타임카드를 들고 내려가자 코바야시 씨가 바닥을 닦으며 휘파람을 불고 있었다. 무척 기분이 좋아 보였다. 내가 그만두기 때문에 그렇다고 생각하자 울컥했다.

"코바야시 씨, 계좌 번호 적었는데 확인해 주시겠어요?"

단련된 접객 스마일을 띄우며 타임카드를 내밀었다. 그는 아무 의문도 없이 손을 뻗었다. 잡아당기는 힘에 저항하여 카드를 쥔 손에 꾸욱 힘을 줬다.

"야……."

"사회 공부에 쓰라고 했지만 뭘 배워야 할지 하나도 모르겠어요. 어디든 데려가 주세요. 뭘 봐야 할지 포인트를 가르쳐 주세요."

그동안 신세 많았다든가, 고맙다든가.

정말로 해야 할 말이 있는데, 말하려고 생각했는데.

어차피 오늘이 마지막이니까 실컷 어리광을 부리라고 마음 속의 악마가 나를 유혹했다.

그가 어이없어하며 말했다.

"너 말이야, 말해 두지만 이런 건 협박이 못돼."

"그래요! 임금 체불은 가게에 전혀 마이너스 요소가 되지 못하죠! 저는 어린애고 노동 기준법 같은 건 모르니까 괜찮아요."

"모르는 녀석은 그런 말도 안 해. 그리고 데려가더라도 주말은 무리야. 너 평일에는 학교에 가야 되잖아."

"5시 이후에는 어디든지 갈 수 있어요!"

실랑이를 벌이는 동안에도 그는 카드를 당기는 힘을 늦추지 않았다. 그는 한 손이고 나는 양손. 팔이 부들부들 떨리기 시작했다. 당장이라도 카드가 찢어지는 건 아닐까 조마조마했다.

"천천히 손을 떼."

"싫어요."

"억지로 빼앗으면 네가 다치잖아."

"그, 그런 소리해도 안 넘어가요."

나도 모르게 수긍할 뻔했지만 허둥지둥 받아쳤다. 그는 고개를 돌리며 작게 한숨을 쉬었다. 침묵이 이어지면 이어질수록 죄책감이 가슴에 번졌다.

나는 지금 은인에게 무슨 짓을 하고 있는 걸까?

솔직하게 '마지막 추억 삼아 데이트해 주세요.' 라고 귀엽게 말하면 될 텐데. 하지만 그럴 수 있다면 이런 고생은 하지 않겠지…….

이윽고 그가 작게 말했다.

"가게와 시간은 내가 정해도 되겠지?"

"네!"

그는 내 눈을 들여다보며 거듭 확인했다. 나는 끄덕끄덕 고개를 주억거렸다. 힘이 느슨해진 틈을 타서 그가 타임카드를 잡아당겼다. 그리고 순간 고압적으로 씨익 웃었다.

"괜찮겠냐? 손을 놔도."

"네! 코바야시 씨는 저한테 거짓말을 하지 않으니까요!"

진심으로 웃으며 대답하자 그는 놀란 표정을 지었다.

"나중에 다시 연락하지……."

"기다릴게요!"

씩씩하게 인사한 후 그의 마음이 바뀌기 전에 가게를 나가려고 했다. 그러다 마음을 바꾸고 고개를 돌려 플로어를 한 바퀴 둘러보았다. 코바야시 씨와는 또 만날 수 있어도 이곳에 오는 건 마지막이다. 감상에 젖어 가슴과 눈시울이 찌잉 뜨거워졌다.

그런 내 마음은 아랑곳없이 주방에서 청소 솔로 바닥을 닦는 소리가 들렸다. 내일도 영업을 해야 하는 그에게 오늘은 그저 토요일일 뿐이다. 오늘 아침은 그게 쓸쓸했는데 지금은 조금 의미가 다르다.

그와 지낸 시간이 그에게는 일상일지라도 내게는 특별했다는 사실은 변함이 없다. 나도 모르게 울어 버릴 것 같아서 코를 훌쩍였다.

"그동안 감사했습니다!"

대답을 기대하지 않고 허리 숙여 인사한 후 이번에야말로 가게를 나왔다.

앞으로 어떤 인생을 살아갈지는 모르지만 이곳에서 보낸 한 달은 무엇과도 바꿀 수 없는 소중한 경험이다.

그가 내 앞에서 내숭을 떨지 않는 게 얼마나 기뻤는지 그는 모르겠지. 물론 가르쳐 줄 생각도 없다. 나만의 추억으로 소중히 간직하고 싶으니까.

코바야시 씨의 케이크를 생각하며 집으로 돌아오자 놀랍게도 아빠가 없었다. 물론 케이크도 없었다.

"엄마! 케이크는?"

"케이크?"

엄마가 눈을 동그랗게 뜨며 물었다. 어이가 없었다. 설마 할머니 댁에 갔나? 얼마 전에 그렇게 얘기를 나눴는데!

"아빠 휴대폰 번호 가르쳐 줘……."

분노에 떨며 엄마가 가르쳐 준 번호로 전화를 걸었다. 아빠는 의아한 듯이 "여보세요?"라며 전화를 받았다.

"모모예요. 지금 어디 계시죠?"

존댓말로 묻다가 문득 내 말투가 엄마와 닮았다고 생각했다.

"뭐야, 모모냐. 아빠 지금 할머니 댁에……."

"왜요?"

"네가 얼마나 열심히 일하고 있는지 할머니한테도 말씀드리려고."

아빠가 자랑스럽게 말했다. 기운이 빠졌다. 아빠 말도 이해되지 않는 것은 아니다. 하지만 그것과 이건 다른 문제다.

"원래는 쇼우가 생일 선물로 사 달라고 한 거였잖아? 그냥 내가 아르바이트하는 모습을 보려고 온 거였어? 다시 선물을 사 주려고 케이크를 사러 온 거 아니야? 원래 그러기로 했었잖아?"

감정적으로 굴지 않도록 신중하게 단어를 골라 가며 천천히 말했다. 전화기 너머로도 아빠가 숨을 삼키는 게 느껴졌다.

"미, 미안하다. 아직 남았으니까 갖고 가마. 그리고 오페라 맛있더라!"

그렇게 말하며 아빠는 멋대로 전화를 끊었다. 아빠와는 최근까지 서먹하게 지내서 무슨 얘기를 해야 할지 알 수 없었다. 하지만 막상 얘기를 해 보니 너무 어디로 튈지 몰라서 점점 아빠를 이해할 수가 없다.

'다정하지만 다정하지 않다', '악의가 없다는 건 안다'.

아빠와 할머니에 대해 했던 엄마의 말이 떠올랐다. 다정한 사람은 좋은 사람인 줄 알았는데. 하지만 다정함과 상대를 생각하는 것은 또 다른 문제인가 보다.

"엄마도 고생이 많았구나……."

통화 내용도 설명하지 않고 그렇게 말하자 엄마는 다 안다는 얼굴로 고개를 끄덕였다.

"결혼은 인내란다."

지금까지 들었던 어떤 말보다 무겁게 느껴졌다.

2

밤에 코바야시 씨가 약속 장소와 시간을 보냈다. 급히 시호에게 상담해서 교복이라도 촌스럽지 않게 입을 방법을 생각했다.

가슴에 수놓아져 있는 학교 문장이 예쁘지 않아서 위에 얇은 니트를 입었다. 평소에는 다리가 길어 보이는 효과를 기대하며 미니스커트에 짧은 양말을 신지만 이번에는 청초한 스타일을 목표로 까만 타이츠를 입기로 했다.

자세한 얘기도 하지 않았는데 함께 고민해 주는 친구가 있어서 다행이라는 생각을 하고 있을 때,

"누구를 위해 예뻐지고 싶은지 다음에 말해 줘."

라며 시호가 나를 놀렸다.

누구를 위해서냐고 묻는다면 물론 나를 위해서다. 코바야시 씨와 가게 밖에서 만날 자신이 생길 만큼 예뻐지고 싶다.

약속한 월요일에는 하루 종일 마음이 진정되지 않았다. 빨리 수업이 끝났으면 좋겠다는 생각도 들고 그렇지 않기도 하고.

약속 장소인 지하철역 앞에 서서 안절부절못하며 주위를 둘러보았다. 왠지 이미지상 코바야시 씨는 약속 시간보다 일찍 올 것 같다고 생각했지만 그는 5분 전이 되어도 나타나지 않았다.

무슨 일이라도 있나? 점차 불안해지기 시작할 무렵 테일러드

재킷을 입은, 멀리서도 훤칠해 보이는 남자가 보였다. 코바야시 씨였다. 심플한 니트와 치노팬츠를 입고 평소에는 옆으로 넘기는 앞머리를 내리고 있었다. 날카로운 인상이 조금 부드러워져서 대학생으로 보이기도 했다.

그는 서두르지 않고 느긋한 발걸음으로 다가왔다. 나를 찾는 것처럼 시선을 움직이는 그를 두근두근하며 바라보았다.

그가 나를 발견할 수 없는 거리에서도 나는 그를 발견할 수 있다.

외모가 무척 눈에 띄기 때문이기도 하지만 어쨌든 그건 굉장한 일이다.

그때까지 허공을 헤매던 그의 시선이 나를 발견하고 멈췄다. 아차 싶어서 가볍게 손을 들자 그는 뭔가 생각에 잠긴 것처럼 입가에 손을 대고 고개를 살짝 숙인 채 이쪽으로 다가왔다. 뭐지? 혹시 오늘 내 옷차림이 예쁘다고 생각한 걸까?

두근두근하고 있을 때 내 눈앞으로 다가온 그가 작게 말했다.

"그래……. 교복을 입고 오는 게 당연하지. 원조교제 아저씨로 오해받을 것 같으니까 떨어져서 걸어 주겠어?"

열이 확 식는다.

"아저씨라고 할 정도의 나이인가요?"

"28살."

"뭐야, 보이는 그대로잖아. 그 정도면 오빠죠."

조금 안심했다. 40살쯤이면 아빠랑 가까운 나이지만 20대는 아직 젊다. 하지만 그는 내 말을 믿지 않는 듯 눈썹을 찡그렸다.

"빈말은 됐어."

"그딴 말 안 해요."

전부터 생각했던 거지만 이렇게 잘생겼는데 왜 이토록 자기 평가가 낮은 걸까? 뭐 자신만만한 사람보다는 호감이 가지만.

"어디 가는 거죠?"

"일곱 정거장 앞에 있는 〈파티스리 Princess〉."

홈페이지에서 본 그의 아름다운 선배의 얼굴이 떠올랐다. 그는 내 웃는 얼굴이 굳어 버린 것을 눈치 채지 못하고 걷기 시작했다. 매표기에서 내 표까지 사는 걸 보고 돈을 주려고 했지만 거절당했다.

"그치만 제가 억지로 같이 가 달라고 한 거잖아요. 코바야시 씨 표도 제가 살게요."

"얼마 전에 생일이었잖아. 선물이라고 생각하고 받아 둬."

그렇게 말하면 고개를 끄덕일 수밖에 없잖아. 기념으로 간직할 수 있는 선물이면 좋았을 거라고 생각하며 표를 받았다.

〈파티스리 Princess〉는 역에서 도보로 5분, 놀이시설과 인기 점포들이 즐비한 번화가 상점가의 아케이드에 위치하고 있었다. 케이크 쇼케이스가 도로를 향해 놓여 있어서 그 선명한 색채에 나도 모르게 발걸음을 멈추고 바라보게 된다.

"케이크는 상하기 쉬운 음식이라 기온에 영향을 받기 쉬워. 직사광선을 피할 수 있는 아케이드 안이라서 이렇게 진열할 수 있는 거야."

그렇게 말하며 코바야시 씨는 가게 안으로 들어갔다. 쇼케이스에 미련을 품은 채 뒤를 쫓았다.

넓은 이트인 공간이 있는 가게 안은 거의 여자 손님들로 가득 차 있었다. 저녁이라 그런지 고등학생이나 대학생 같은 젊은 여성이 많았다.

깔끔한 *가르송 스타일의 제복을 입은 점원의 안내를 받아 자리에 도착했다. 메뉴판에 있는 모든 음식이 맛있어 보여서 쉽게 고를 수가 없었다. 5분 정도 망설인 끝에 이미 뭘 주문할지 결정한 듯한 코바야시 씨에게 물어보았다.

"추천 메뉴는 뭔가요?"

"밀푀유. 이트인 손님은 주문을 받고 나서 만들거든."

맛있어 보이지만 밀푀유는 먹기가 너무 힘들다. 파이도 마구 부스러지고.

하지만 코바야시 씨도 주문할 테니까 따라 먹으면 되겠지. 좋아, 결정했다. 고개를 들어 점원을 찾자 곧 테이블로 다가왔다.

"주문은 정하셨나요?"

"저는 밀푀유랑 아이스티 레몬으로 주세요."

* 소년, 청년, 호텔이나 음식점 등의 웨이터를 뜻하는 프랑스어.

"체리타르트랑 핫커피."

"어?"

깜짝 놀라서 무심코 목소리가 튀어나왔다. 하지만 코바야시 씨는 서늘한 얼굴로 "이상입니다."라며 점원에게 메뉴판을 건넸다. 점원이 인사를 하고 테이블을 떠난 후 나는 작은 목소리로 투덜거렸다.

"추천 메뉴는 밀푀유라면서요?"

"진짜로 맛있어. 하지만 신선한 체리가 나오는 기간은 짧고 계절 상품은 체크해 두고 싶거든. 내가 아직 먹어 보지 않은 상품은 권할 수 없잖아."

맞는 말이지만 이번에는 분명 악의로 그런 거다. 이래 놓고 내 리액션을 즐기는 건 아닌지 의심스럽다.

곧 나무 커트러리 케이스가 먼저 테이블에 놓였다. 우리 둘뿐인데 얼핏 보기에도 그보다 많은 숫자가 들어 있다. 뭐 딱히 신경 쓸 일은 아니지, 라고 생각하며 고개를 들자 근처 테이블에 앉은 여자들이 힐끔힐끔 코바야시 씨를 쳐다보고 있었다.

여자들밖에 없는 가게 안에서 코바야시 씨는 단연 눈에 띄었다. 안 그래도 외모가 이렇다 보니 어쩔 수 없다. 같은 테이블이라 노골적으로 쳐다볼 수는 없지만 만약 먼 자리에 앉아 있었더라면 나도 그를 쳐다봤을지 모른다.

그 와중에 그는 통유리 벽이라 작업하는 모습이 훤히 들여다

보이는 주방을 바라보고 있었다. 그 담담한 옆얼굴만 봐도 낯선 여성들에게 주목받는 상황이 그에게는 평범한 일이라는 것을 알 수 있었다.

"오래 기다리셨습니다."

테이블 위에 케이크와 음료가 놓였다. 코바야시 씨가 나이프와 포크를 내 것까지 세팅해 줬다. 이럴 때 재빨리 움직이지 못하는 내가 한심하다.

일반적인 밀푀유는 파이지를 세로로 쌓아 올리지만 이곳은 가로로 늘어놓은 형태였다. 즉 그만큼 커스터드 크림을 듬뿍 끼워 넣을 여유도 있고 자르기도 쉬워 보였다.

"디저트용 나이프가 있다니 신기하네요."

이것만 있으면 먹기 힘든 밀푀유도 공략할 수 있어! 그렇게 생각했지만 힘을 줘서 단단한 파이를 썰다가 나이프가 접시에 부딪혀서 챙! 하는 소리를 울렸다. 코바야시 씨와는 다른 의미로 주위의 시선이 쏠렸다.

"공부가 됐겠군."

"네……."

밀푀유는 두껍고 바삭바삭한 파이지와 바닐라 빈을 듬뿍 넣은 눅진한 커스터드 크림의 상성이 최고였다. 과연 코바야시 씨가 추천할 만하다.

"뭔가 깨달은 점은?"

"커스터드 크림뿐만 아니라 생크림이랑 콩피튀르가 들어 있어서 끝까지 질리지 않고 먹을 수 있을 것 같아요."

"맛 말고 접객이나 가게의 배려는?"

"으음……."

뭔가 말해야 한다고 생각하며 테이블을 살펴보았다. 으음—. 고개를 갸웃거리고 있을 때 코바야시 씨가 말했다.

"이것도 한입 먹어 볼래?"

"네? 그래도 되나요?"

궁금했지만 한입 달라고 하면 싫어할 줄 알았는데 솔직히 기쁘다. 그가 커트러리 케이스에서 새 포크를 꺼냈다.

"아! 나눠 먹을 걸 생각해서 개수가 많은 건가요?"

"정답. 먹어도 돼."

꼭 먹이로 길들이는 것 같다만 기분이 나쁘지는 않다. 반쯤 익은 큼지막한 체리를 씹자 새콤한 맛이 터져 나왔다. 초여름에 딱 맞는 상큼한 맛이다.

시험은 그 뒤로도 계속됐다.

"화장실이 어디에 있는지 알겠어?"

"으음……."

가게 안을 한 바퀴 둘러본 후 대충 위치를 짐작하며 "저긴가요?"라고 말했다.

"왜 그렇게 생각하지?"

"달리 있을 만한 곳이 없어서요."

공공시설이나 패밀리레스토랑에서 볼 수 있는 화살표 같은 안내가 없다. 앞쪽이 벽에 가려져 있지만 뒤쪽으로 가면 문이 있을 것 같은 공간은 저곳 정도다.

"맞아. 안내 표시가 있으면 찾기는 쉽지만 화장실에 갔다 왔다는 티를 내는 것 같아서 싫어한다더군. 화장실 옆자리로 안내하면 싫어하는 손님도 있으니 시야를 차단하는 벽을 만든 거야."

그렇군. 지금까지 그런 관점으로 플로어를 본 적은 없어서 신선했다.

또 뭔가 발견할 건 없나 하고 두리번두리번 주위를 둘러보다가 문득 깨달았다. 나는 작은 목소리로 코바야시 씨에게 말했다.

"점원이 손님을 적당히 내버려 두네요. 으음, 어폐가 있을지도 모르지만 이건 칭찬이에요. 예를 들면 먹자마자 바로 접시를 치우면 친절한 접객일지는 몰라도 꼭 감시당하는 것 같아서 살짝 불편하거든요."

"참고로 왜 점원이 수상쩍게 구는 너를 내버려뒀다고 생각하지?"

"제 추측인데요…… 손님은 볼일이 있을 경우 점원을 발견하면 거기서 시선을 멈춰요. 하지만 저는 점원을 발견하고도 그냥 넘어갔기 때문 아닐까요."

아르바이트를 하면서 제일 난처했던 것은 고민하는 손님에게 말을 걸어도 되느냐였다. 말을 걸면 노골적으로 발끈하는 사람도 있었다. 그래서 더더욱 점원에게 말을 걸고 싶어 하는 손님과 그렇지 않은 손님의 차이에 민감해졌다.

코바야시 씨는 내 대답을 긍정하는 것처럼 고개를 끄덕였다.

"그리고 벽의 사진을 매달 바꾼다더군. 계절감을 연출하기 위해서, 그리고 단골이 많은 가게니까 질리지 않도록."

그 말을 듣고 벽을 장식하는 풍경 사진을 새삼 물끄러미 바라보았다.

"그래서 코스모스 사진이군요."

"철쭉이야."

"잘 아시네요……."

"네가 너무 모르는 거지."

그는 시큰둥하게 말하며 남은 체리타르트를 먹기 시작했다. 한입 크기가 큰 그와는 달리 작게 잘라먹는 나는 아무래도 먹는 속도가 느릴 수밖에 없었다. 보기 흉하지 않을 정도로 서둘러 먹고 있을 때 하얀 인영이 테이블 앞에 멈춰 섰다.

오가타 씨? 그렇게 생각하며 고개를 들자 셰프복을 입은 모델 같은 미녀가 서 있었다. 홈페이지에서 본 사진은 사실 잘 안 나온 편이었나 보다. 부드럽게 굽이치는 머리를 하나로 묶고 두껍지 않게 화장한 피부는 투명하게 빛났다.

"어서 와, 슈이치로. 다친 건 좀 어때?"

그녀가 친근하게 말하며 코바야시 씨의 어깨에 손을 올렸다. 슈, 슈이치로? 아, 아니, 같은 스승님 밑에서 배운 제자니까 이름으로 부를 만큼 친해도 이상할 건 없지만…….

코바야시 씨는 어째서인지 불편한 기색으로 시선을 떨궜다.

"이제 다 나았습니다. 오늘 가게에 안 계실 거라고 오가타한테 들었습니다만……."

"당연히 네가 온다는 얘길 듣고 나왔지. 이쪽이 새 아르바이트생이야?"

한 치의 빈틈도 없는 아이 메이크업을 한 그녀의 눈이 나를 향했다. 꿰뚫는 듯한 강한 눈빛에 몸이 움찔했다.

"만나서 반가워요. 점장 나츠키예요."

"마키노라고 해요. 지금은 아르바이트생이 아니에요……."

입 밖에 내서 말하자 실감이 밀려와서 침울해졌다. 나츠키 씨는 눈을 동그랗게 뜨며 코바야시 씨에게 물었다.

"성실하고 좋은 아이라고 들었는데 붙잡지 않아도 돼? 학생이면 여름방학만이라도 나오라고 부탁하든가."

"한 달만 일하기로 약속했습니다."

"그래……? 실은 개인적인 일을 부탁하고 싶었는데 일손이 줄면 아무래도 힘들까? 웨딩 케이크를 주문할까 했는데."

"이쪽에 들어온 의뢰를 저한테 맡기려는 겁니까?"

"개인적인 의뢰라고 했잖아? 내 웨딩 케이크야."

그녀가 가슴에 손을 얹으며 생긋 미소 지었다. 코바야시 씨는 놀란 것처럼 한동안 침묵하다 입을 열었다.

“상대는……?”

“스승님의 손자. 30세 건축가. 오래된 건물을 좋아해서 휴일에는 여기저기 보러 다니는데 그쪽으로 얘기가 잘 통하더라고. 결혼식 날짜는 이제부터 잡아야 되지만 가족들과 우리 가게 사람들한테 선을 보이기 위해서 간단한 약혼 파티를 할 생각이야. 그때 쓸 케이크를 부탁하고 싶어. 거기서 합격점을 받으면 진짜 결혼식에서도 써 줄게. 우리 거래처도 올 테니까 얼굴 도장을 찍기에는 절호의 기회야.”

좋은 제안인 것 같다. 게다가 여름에는 가게 매상이 떨어진다고 코바야시 씨한테 들은 적이 있다. 하지만 그는 곧바로 대답하지 않고 신중하게 질문을 던졌다.

“언제 할 예정입니까?”

“한 달 후 월요일.”

“6월 13일…… 말입니까?”

코바야시 씨가 스마트폰을 꺼내서 달력을 보며 물었다.

“그래. 일을 끝내고 저녁부터 다 함께.”

“총 몇 명 정도죠?”

“10명…… 많아도 15명은 안 될 거야.”

“어떤 타이밍에 디저트를 낼 겁니까? 장소는 정해져 있죠?”

"자세한 건 나중에 메일을 보낼게. 예산은 원하는 금액을 말해. 꿈 같은 주문이지?"

나츠키 씨는 장난스럽게 웃으며 테이블에 놓여 있는 계산서를 집었다.

"착수금까지는 아니지만 이건 내가 낼게."

그녀는 내게도 밝게 웃어 준 후 테이블을 떠났다. 사양은커녕 고맙다는 말을 할 시간조차 주지 않았다. 번화가에서 가게를 운영하는 사람은 이 정도 파워풀하지 않으면 안 될지도 모른다.

자리에서 일어서려다 말고 다시 앉아서 코바야시 씨를 바라보았다. 그는 미간에 깊은 주름을 새긴 채 생각에 잠겨 있었다. 일방적인 의뢰였지만 신세를 진 사람의 축하할 일이라면 조금 무리해서라도 받아들일 줄 알았는데 웬일이람.

문득 한 가지 가정이 떠올랐다.

혹시 코바야시 씨는 나츠키 씨를 좋아했나? 아니면 사귀었거나…….

하지만 전 여친의 가게에 나를 데려올 리가 있나? 그 의문은 곧 부정되었다. 그라면 순수하게 '일' 로만 상대를 평가할 것 같으니까. 그리고 그런 그가 그녀를 상대로 '일' 을 내키지 않아 하는 게 문제인 것이다.

완전히 입을 다물어 버린 그에게 차마 말을 걸지도 못한 채 기계적으로 밀푀유를 입에 넣었다.

같은 루트로 왔던 길을 되돌아갔다. 여기 올 때는 그토록 들떠 있었는데 지금은 마음이 완전히 싸늘하게 식어 버렸다.

“오늘 고마웠습니다.”

제일 가까운 역에서 나와 머리를 숙였다. 그는 듣는 둥 마는 둥 하며 “그래.”라고 짧게 대답했다. 이대로는 점점 비참해질 것 같아서 다시 한번 머리를 숙인 후 걷기 시작했다.

“모모.”

이름을 부르는 소리에 뒤를 돌아보았다. 석양이 그의 윤곽을 붉게 물들이며 얼굴에 그림자를 드리웠다.

“앞으로 몇 가지 시험작을 만들 생각인데 그 케이크를 시식해 줬으면 해. 객관적인 의견을 듣고 싶어.”

언제나 내가 막무가내로 부탁하기만 했지 그에게 부탁받는 것은 처음이었다.

부탁받은 것은 기쁘지만 순순히 기뻐할 수가 없었다. 나츠키 씨의 의뢰가 그만큼 그에게 중요하다는 뜻이니까. 자꾸만 비굴해지는 내가 싫다.

“좋아요! 제가 도움이 된다면!”

내가 웃으며 말하자 그는 안심한 듯이 미소 지었다.

“또 연락하지.”

“네, 기다릴게요!”

웃는 얼굴로 손을 흔들면서도 뭐라 말할 수 없이 가슴이 욱신 욱신 아팠다. 예의상의 웃음조차 아닌 가짜 웃음을 짓는 것은 처음이었다.

코바야시 씨의 연락을 기다리는 동안 점점 불안해지기 시작했다. 그는 객관적인 의견이라고 했지만 그가 만든 케이크라면 뭘 먹어도 맛있지 않을까.

게다가 나츠키 씨는 프로 파티시에이자 성인 여성이다. 그런 사람의 미각과 내 미각이 일치할 리 없다. 고민고민한 끝에 상담 메시지를 보냈다.

「혹시 괜찮으면 시식할 때 친구를 데려가도 될까요? 여고생이지만 사회인과 사귀는 데다 생각하는 것도 어른스러워요. 저보다 나츠키 씨에 가까운 의견이 나올지도 몰라요.」

이러다 시식 자체를 취소하면 어떡하지? 하지만 달리 좋은 생각이 안 떠오르는걸. 답장은 의외로 빨랐다.

「부탁해. 다음 주에는 준비할 수 있을 거야.」

안심하며 시호에게 전화를 걸었다. 밤중인데도 시호는 곧 전화를 받았다.

"무슨 일이야? 별일이네."

그렇긴 하다. 매일 학교에서 만나다 보니까 보통은 SNS로 얘기하고 끝이다.

"얘기가 좀 길어질 것 같은데 괜찮아?"

"괜찮아. 상담할 거라도 있니?"

"그보다 부탁이 있다고 할까?"

그 후 나는 시호에게 코바야시 씨와 만난 이야기를 했다. 시호의 리액션은 상상했던 대로 훌륭했다. 이야기를 하다 보니 즐거워서 얘기가 자꾸만 딴 길로 샜다.

"그래서 그 웨딩 케이크, 아니, 파티용 케이크를 시식하는데 시호 너도 같이 가 줬으면 좋겠거든. 괜찮을까? ……다음 주라 중간고사 기간이지만."

나와는 달리 시호의 성적은 전교에서도 상위권이다. 머뭇거리며 묻자 그녀는 밝게 대답했다.

"보상이 있다고 생각하면 의욕이 생겨서 좋잖아! 그날 같이 공부하자."

그 배려와 서포트 능력이 그녀의 매력이다.

"모모가 예뻐 보이고 싶어 했던 것도 그 사람이랑 데이트하려고 그런 거였구나."

"데이트 아니라니까! 코바야시 씨는 나를 돌봐 줘야 하는 여동생이나 펫 정도로 생각할걸……."

지금까지 비슷한 또래의 남자아이를 좋아한 적은 있다. 하지만 그저 멀리서 바라보고 꺄아꺄아 거리며 동경하는 정도였다.

코바야시 씨를 생각하는 마음과는 아무래도 조금 다른 것 같다. 좀 더 가깝고, 하지만 사랑이라고 하기엔 뭔가 다른 느낌.

그 느낌의 정체를 파악하지 못하는 것이 내가 어린아이라는 증명 같아서 분하다.

"어른이 되고 싶어……."

맥락도 없이 작게 중얼거리자 시호가 "응." 하고 대답했다.

"빨리 대등해지고 싶구나."

차분하고 부드러운 목소리가 가슴에 스며들었다. 아아, 그렇구나. 내가 되고 싶은 건 어른이 아니라 코바야시 씨와 대등해질 수 있는 사람이었나.

지금까지 답답했던 기분이 사라지고 해야 할 일이 갑자기 명확해졌다.

나츠키 씨는 확실히 내가 생각하는 이상적인 성인 여성상이다. 하지만 코바야시 씨가 지금 필요로 하는 사람은 그녀가 아닌 나. 그가 만드는 케이크에 의견을 말해 줄 존재다. 그걸 깨달은 순간 줄곧 굳어 있던 사고가 풀리고 온몸이 구석구석 따뜻해지는 기분이 들었다.

"시호는 역시 굉장해!"

"갑자기 왜 그래?"

"설명하고 싶지만 말로 잘 표현할 수 없을 것 같아. 그치만 마음속으로 굉장히 납득이 됐어. 항상 고마워."

속사포처럼 말을 늘어놓자 시호는 "그게 뭐야."라고 어이없어하면서도 웃었다.

3

코바야시 씨가 지정한 시간은 중간고사 첫날 5시 30분. 시험 기간에는 오전에 학교가 끝나지만, 그 말을 하면 고지식한 구석이 있는 그는 학업을 우선하라면서 시식을 연기해 버릴지도 몰라서 말하지 않았다.

시호와 근처 노래방에서 공부하다가 가게로 향했다. 어째서인지 나보다 시호가 더 긴장한 눈치였다.

"뭔가 선물이라도 사 올 걸 그랬나?"

배려도 이쯤 되면 어른스러움을 넘어 아줌마 같다는 생각이 들었지만 아무 말도 하지 않았다.

"신경 쓰지 않아도 돼. 친절한 사람이야."

가게 문을 열자 벽을 바라보며 중얼거리는 코바야시 씨가 보였다. 보이지는 않지만 등 뒤에서 시호가 멈칫하는 기색이 느껴졌다.

"……코, 코바야시 씨?"

머뭇거리며 부르자 그가 뒤를 돌아보았다. 안색도 나쁘고 뺨도 조금 홀쭉했다.

"미안해. 잘 왔어."

그 살가운 말이 그답지 않아서 오히려 불안했다.

"피곤하세요?"

"연구를 하느라 웨딩 박람회를 돌아다녔거든……."

"오! 어땠나요?"

순수한 호기심으로 묻자 그의 눈빛이 문득 아련해졌다.

"'무료 시식회'와 '일단 가볍게 구경하세요'라는 말을 곧이곧대로 믿었다가 봉변을 당했지……. 평일에 참가해서 그런가, 맨투맨으로 접객을 하더군. 가짜 결혼 상대와 식을 올릴 예정이라고 거짓말을 한 것도 찔렸지만, 그 말을 열심히 들어주는 연하의 웨딩 플래너를 보면서 양심이 아팠어. 그리고 메시지와 전화 폭격이 정말 심하더군."

공격이 아니라 폭격이라는 표현에서 그의 피로도를 엿볼 수 있었다. 화제를 돌리기 위해 시호를 소개했다.

"제 친구 나가쿠라 시호예요."

"나가쿠라라고 합니다. 도움이 될 수 있을지는 모르겠지만 오늘 초대해 주셔서 고맙습니다."

시호가 내 뒤에서 꾸벅 머리를 숙였다. 코바야시 씨도 인사를 건넸다.

"코바야시입니다. 몇 가지 준비했으니 솔직한 의견을 들려주세요."

지인들끼리 인사하는 모습을 보니 왠지 기분이 이상하다. 아빠와 코바야시 씨는 둘 다 어른이라 별 저항감이 없었지만 나와 동갑내기 친구를 상대로 그가 존댓말을 쓰는 것은 위화감이 느껴졌다. 그건 시호도 마찬가지인 눈치였다.

"저한테 존댓말하실 필요 없어요. 모모랑 똑같이 대해 주세요."

그러자 그는 눈썹을 찡그렸다.

"그건 좀."

"코바야시 씨……. 속으로 얼마나 절 하찮게 생각하시는 건가요?"

그 물음에 그는 그저 어깨를 으쓱했다. 내 추궁을 피해 주방으로 들어가서 숙련된 웨이터처럼 커팅한 케이크가 담긴 접시를 양손에 몇 개씩 들고 왔다.

"기본에 충실한 프레지에. 일본풍으로 만든 말차 무스. 계절감을 주기 위한 레몬타르트. 웨딩 케이크다운 화려함을 연출하기 위해 먹을 수 있는 꽃으로 장식한 플라워케이크. 원래는 새해를 축하하는 음식이지만 페브라는 도자기 인형을 넣어 게임을 즐기는 *갈레트 데 루아."

아름다운 케이크가 테이블에 즐비하게 놓였다. 나와 시호는 소리 없는 환성을 지르며 저도 모르게 손을 맞잡았다.

아빠가 대량 주문했을 때 이뤄지지 못했던 케이크 뷔페가 드디어 현실이 됐다!

---

* 프랑스 지역에서 신년을 기념하여 먹는 커스터드크림 파이 종류.

코바야시 씨가 음료를 준비하는 동안 둘이서 넋을 잃고 케이크를 바라보았다.

“예쁘다…….”

옆에서 시호가 황홀하게 중얼거렸다. 코바야시 씨한테도 이 말이 들리면 좋을 텐데.

곧 그가 음료를 갖고 왔다. 그리고 백지와 펜도.

“간단하게라도 좋으니까 감상을 적어 줘.”

코바야시 씨가 주로 나를 향해 당부했다.

“네. 알겠어요. 걱정 마세요! 잘 먹겠습니다.”

먼저 플라워케이크부터 먹어 보았다. 처음 먹어 본 장미는 생야채를 먹는 느낌과 비슷했다. 보기에 예뻐서 그것만으로도 특별한 느낌이 든다.

“억지로 먹지 않아도 돼.”

유리잔에 아이스티를 새로 따라 주며 코바야시 씨가 말했다. 나도 시호도 그가 내온 케이크를 모조리 먹어 치우고 2차 시식을 시작하려던 참이었다.

“이렇게 맛있는 케이크를 남기다니 말도 안 돼요!”

나와 시호가 순서대로 말했다.

“평범한 디저트 뷔페는 죄다 맛이 비슷비슷한 경우도 있지만 오늘 먹은 케이크는 재료의 맛과 풍미가 특색이 있어서 개성이 풍부하고 전부 맛있어요.”

그 말을 들은 코바야시 씨가 작게 말했다.

"같은 나이인데 이렇게 표현력이 다르다니……."

놀리는 게 아니라 오히려 순수하게 놀란 것 같아서 더더욱 나 자신이 한심하게 느껴졌다.

"그, 그래요! 시호를 데려오길 잘했죠."

"그래, 뭐. 모모 네가 처음에 플라워케이크를 선택한 이유는?"

"겉모습이 화려하고 먹어 본 적이 없어서요."

또 바보 같은 대답이라고 할 줄 알았지만 그는 그저 고개를 끄덕였다.

"나가쿠라 양은 어째서 레몬타르트를 택했지?"

"맛이 산뜻한 케이크부터 먹고 싶었거든요. 맛이 진한 케이크는 나중에 먹으려고요."

그런 식으로 생각할 수도 있구나……. 맛을 비교하려면 먹는 방법에 신경을 쓰는 것도 중요한 포인트다. 그런 생각을 했으면 나한테도 미리 말해 주지. 내 잘못은 제쳐 두고 그렇게 생각했지만 처음 와 본 곳에서 긴장하고 있는 시호한테 그건 너무 무리한 요구다.

"그럼 만약 하나만 고른다면 뭘 먹었을까?"

코바야시 씨의 물음에 시호는 잠시 망설인 후 대답했다.

"말차 무스요. 참고가 안 되겠지만 말차를 좋아해서요……. 하지만 누구와 먹느냐에 따라 고르는 케이크도 달라졌을 거예요."

"그게 무슨 뜻이지?"

"나눠 먹어야 할 땐 제가 제일 좋아하는 것보다 상대가 좋아하는 맛이 더 중요하거든요. 물론 싫어하는 걸 억지로 먹지는 않겠지만요. 하지만 제일 좋아하는 맛을 혼자 먹는 것보다는 같이 맛있게 먹는 게 더 좋아요."

코바야시 씨는 생각에 잠긴 듯이 팔짱을 꼈다.

"솔직히 말하면 맛이 어떤지 감상을 듣는 것보다 처음에 뭘 고를지 보고 싶었어. 첫인상이 좋은 건 어떤 케이크인지. 파티는 뷔페 형식이라니까 디저트도 거기 맞추는 게 괜찮을지도 모르겠군……."

그렇게 말한 후 코바야시 씨는 입을 다물었다. 나는 침묵을 견디다 못해 물었다.

"아직 한참 나중 일이잖아요? 이렇게 일찍 결정해야 되나요?"

"발주 문제 때문에. 재료뿐만 아니라 상자도 주문해야 되거든. 평소 쓰는 것과는 사이즈가 다르니까. 케이크 크기에 맞춰 상자를 알아봐야지."

"그렇군요. 그럼 지금은 조금이라도 생각할 시간이 필요하겠네요?"

"그래."

"그럼 절 다시 고용해 주지 않을래요?"

"뭐?"

"걱정된단 말이에요. 살 빠졌죠……?"

나로서는 합리적인 제안이라고 생각했지만 그는 그렇게 생각하지 않는 모양이었다.

"슬슬 중간고사 기간 아닌가? 지금 네가 남을 걱정할 때야?"

정곡을 찔려서 뜨끔했다. 하지만 그 이상으로 울컥했다. 자기가 부탁해 놓고 이럴 때만 어린애 취급이다.

"코바야시 씨야말로 맛있는 걸 만들고 싶다는 사람이 창백한 얼굴을 하고 있으면 안 되죠! 제가 얼마나……."

"그만해, 모모."

내가 흥분하기 시작하자 시호가 내 팔을 잡고 말렸다. "그치만……." 하고 말꼬리를 흐리는 나를 향해 시호는 조용히 고개를 저었다.

"코바야시 씨 말이 맞아. 오늘은 이만 돌아가자."

배신당한 기분이었다. 어째서 내 편이 되어 주지 않는 거야? 항상 어른스럽게 대응하는 그녀가 좋고 존경스럽지만 오늘만은 원망스럽다.

좋아하는 두 사람에게 거절당한 충격으로 머릿속이 새하얗다. 그런데도 가슴속에는 뭐라 말할 수 없는 짜증이 피어올랐다.

"오늘 잘 먹었습니다."

시호가 그렇게 말하며 머리를 숙였다. 나도 형식적으로 머리 숙여 인사했다. 코바야시 씨의 얼굴을 똑바로 쳐다보지 못한 채 가게를 나왔다. 얼마 후 시호가 말했다.

"코바야시 씨 멋있다. 너한테 자기의 약한 모습을 보여 주기 싫어서 그런 거잖아."

"뭘 어떻게 해야 그렇게 되지……?"

시호는 좋은 아이지만 매사에 한 발짝 물러서서 바라보는 탓인지 가끔 엉뚱한 발상을 할 때가 있다.

"순정 만화나 드라마에서 아픈 여주인공 집에 남자 친구가 간병하러 오는 장면 있잖아? 나라면 집에 들이지 않을 거야. 방 청소도 안 했잖아? 목욕도 안 했을지 몰라. 게다가 생얼이잖아?"

"뭐 그럴지도 모르지……. 하지만 그거랑 이건."

"그렇게 다를까? 네 말대로라면 코바야시 씨는 항상 스마트하게 일을 처리하는 사람이라며? 나이 어린 여자애한테 고민하는 모습을 보여 주기 싫을 수도 있지."

"넌 코바야시 씨를 과대평가하고 있어. 그 사람은 좀 더 심술궂고 맨날 나를 놀리고……."

"다정하고 열심히 일하고 성실해서 모모가 좋아하는 사람이잖아? 네가 좋아하는 사람이니까 나도 좋게 생각하려고. 네 친구로서 보기에 좋은 사람이야."

좋아한다는 말은 안 했다고 말하려다 입을 다물었다. '그럼 싫어?' 라고 묻는다면 당연히 싫지는 않다. 그럼 실질적으로 고백하는 거나 마찬가지잖아.

침묵을 긍정으로 받아들인 걸까, 시호는 부드럽게 미소 지었다.

"코바야시 씨를 믿고 기다리자."

응? 하고 타이르는 말에 어쩔 수 없이 고개를 끄덕였다. 시호는 안심한 표정을 지으며 분위기를 바꾸기 위해 다른 이야기를 꺼냈다. 그 배려가 느껴져서 열심히 대화에 응했다. 역 앞에서 헤어질 때는 완전히 웃는 얼굴을 하고 있었다. 하지만 그 후 곧 시침 뗀 얼굴로 집과는 반대 방향의 전철을 탔다.

시호 말이 맞다. 코바야시 씨는 믿고 기다리기를 바라겠지.

그러니까 이제부터 할 행동은 그저 나의 이기심일 뿐이다.

먼저 대형 서점에서 잡지를 몇 권 구입했다. 시장 조사 삼아 평판이 좋은 케이크를 마구 먹어 볼 생각이다. 급료가 예상보다 많아서 자금은 걱정 없다. 엄마한테는 밖에서 공부한다고 거짓말하고—뭐 사회 공부라는 의미에서는 거짓말이 아니지만— 체크한 가게를 시험 기간 동안에 돌아다녔다.

연령층이 높고 고급스러운 가게라도 시호나 다른 친구들과 함께 가면 그 높은 문턱마저 즐길 수 있겠지만 혼자 가려니까 갑자기 불안하다. 가게 밖에 줄을 서 있는 동안 어떤 맛일지 얘기를 나눌 상대가 없으니 설레지 않는다. 주위에 있는 친구와 함께 온 사람이나 커플을 보니 마음이 불편하다. 유리 너머 활기찬 가게 안을 들여다보며 문득 떠올렸다.

혹시 남자에게는 이게 평범한 감각일까?

편의점 디저트도 충분히 맛있는 요즘 시대에 단가가 높은 코바야시 씨의 케이크를 사러 오는 손님은 고급 지향인가 보다고 생각했다. 하지만 그게 아니었다. 남의 눈을 신경 쓰지 않고 찬찬히 케이크를 고르거나 가게 안에서 마음 편히 먹을 수 있느냐는 사실 굉장히 귀중한 문제였다.

한 시간이나 줄을 서서 겨우 가게에 들어갔지만 잡지에 실렸던 케이크는 품절이었다. 할 수 없이 화이트초코 무스를 주문했는데 그저 그래서 슬펐다.

가게를 나오자마자 피곤이 밀려왔다. 어쨌든 앉고 싶다는 마음에 카페 안으로 들어갔다. 카운터는 오랜 세월 닦아서 그런지 반질반질한 갈색으로 빛나고 있었다. 올백 머리에 콧수염을 기른, 그야말로 카페 주인다운 분위기의 조끼를 입은 아저씨는 이쪽을 쳐다보지도 않았다.

가게를 잘못 들어왔다. 맛을 아는 단골손님 말고는 거절할 것 같은 분위기다. 그렇다고 이제 와서 나가지도 못하고 우두커니 서 있을 때 접객 중이던 프릴 달린 귀여운 에이프런 차림의 언니가 나를 발견했다.

"어서 오세요. 원하는 자리에 앉으시면 된답니다."

카운터 석은 이미 꽉 차 있어서 테이블 석에 앉았다. 아까 먹은 케이크 세트의 포만감이 이제야 밀려왔다.

양이 적은 에스프레소를 주문할까. 아예 각오를 하고 여기서도 케이크 세트를 주문할까. 끙끙 고민하고 있을 때 맞은편 테이블의 할머니가 손을 들고 "여기 잠깐만요."하고 언니를 불렀다.

"케이크 세트로 레어 치즈케이크를 먹으면 음료는 어떤 게 어울릴까요?"

"글쎄요. 케이크가 꽤 달고 진하니까 산뜻한 맛이 좋을 것 같네요. 오늘의 커피는 쓰고 진한 맛이니까 홍차가 좋을지도 모르겠군요. 핫과 아이스 어떤 걸 드시겠어요?"

"으음, 아이스?"

"그럼 아삼이 좋겠군요. 무난해서 마시기도 좋고 밀크를 넣어도 맛있답니다."

"그렇군요. 그걸로 주세요."

처음에는 별 생각 없이 흘려듣던 대화였지만 중간부터 열심히 귀를 기울였다. 부족했던 퍼즐 조각이 딱 들어맞는 것처럼 좋은 생각이 떠올랐다.

"무슨 일이지?"

금요일 밤에 코바야시 씨의 가게를 찾아간 것은 도박이었다. 밑준비를 해야 되니까 분명히 있을 거야. 아니, 있었으면. 그렇게 기도하며 찾아갔는데 정말로 있는 걸 보고 가슴을 쓸어내렸다.

뭐 입을 열자마자 하는 말이 이거고 작게 열린 문틈으로 체인 너머 지긋지긋하다는 표정을 짓고 있지만.

"카페에서 점원이 케이크에 어떤 음료를 함께 마시면 좋을지 물어보니까 술술 대답하는 걸 보고 감동받았어요. 저는 지금까지 그런 건 생각해 본 적이 없었거든요. 그래서 그 점원이랑 마스터한테 이것저것 물어서 마리아주…… 이건 와인이랑 요리의 조합을 말하는 거지만, 아무튼 코바야시 씨의 케이크와 아주 잘 어울리는 음료가 있을 거예요. 코바야시 씨는 케이크를 만드세요. 저는 그 케이크에 어울리는 음료를 완벽하게 준비할 수 있도록 노력할게요."

"네 열의와 의욕은 알겠다만 케이크와 함께 어떤 음료를 마실지는 손님 마음이야. 코스가 아니라 뷔페 형식이니까."

문에 기대어 선 그는 지친 듯이 중얼거렸다.

또 실수했다…….

전에 이미 들어놓고 생각 없이 발언하고, 그게 좋은 일이라고 굳게 믿고. 이러면 나도 아빠를 흉볼 처지가 못 되잖아.

"죄송해요……. 가 볼게요."

"잠깐 기다려. 일기예보에서 비가 온다니까 우산 갖고 가."

괜찮다고 대답하기 전에 문이 닫혔다. 위를 올려다보자 밤이라서 잘 보이진 않지만 확실히 하늘이 흐렸다. 곧 문이 열렸다. 이번에는 체인 너머가 아니었다.

"자. 돌려주지 않아도 돼."

심플한 비닐우산이었다. 그는 신경 쓰지 말라고 말하고 싶은 눈치였지만 나는 그럴 수 없었다.

"귀찮게 하려는 건 아니었어요……. 코바야시 씨의 케이크를 맛있게 먹어 줬으면 좋겠다는 생각으로 머리가 꽉 차는 바람에 그만."

"글쎄 알았다니까. 너도 내가 걱정하는 마음을 조금은 이해해 줘."

무작정 화를 내는 것보다 조용하게 타이르는 것이 오히려 가슴 아팠다.

"네……."

비닐우산을 받아 들자 우산 손잡이에 남은 그의 체온이 희미하게 느껴졌다. 분명 그는 자신의 행동이 어떤 식으로 내 마음에 풍파를 일으키는지 절대 모를 것이다.

"너희도 참 신기하구나. 케이크 시식을 부탁했더니 누구랑 먹느냐에 따라 다르다는 둥, 어떤 음료를 함께 내야 한다는 둥. 케이크 얘기는 하지도 않고 말이야."

"죄송해요……."

"하지만 의외로 그런 걸지도 몰라."

담담한 어조지만 그의 목소리가 다시 밝아진 기분이 들었다. 가늘고 긴 서늘한 눈에 타고난 강인함이 깃들었다.

"케이크 이미지를 결정했어. 다음 달에 반입하는 걸 도와주지 않겠어?"

"물론이죠!"

"평일 밤이니까 차로 집까지 데려다주지. 하지만 부모님이 반대하시면 취소다. 알았지?"

다짐하듯 묻는 말에 나는 끄덕끄덕 고개를 주억거렸다.

돌아오는 길에 비가 내리기 시작했다. 코바야시 씨가 빌려준 비닐우산은 내가 평소 쓰고 다니는 것보다 훨씬 크고 조금 무거웠다. 하지만 그런 차이가 느껴지는 것조차 기뻤다.

4

기다리고 기다리던 6월 13일 월요일. 행복한 결혼 하면 6월의 신부라는 이미지가 있지만 일본에서는 공교롭게도 장마철이라 오늘도 비가 내렸다.

낮에 더웠던 만큼 춥게 느껴지기조차 했다. 일단 집으로 돌아가서 옷을 갈아입은 다음 빌린 우산과 내 우산을 들고 코바야시 씨를 역 앞에서 기다렸다. 파티 회장으로 가는 길에 코바야시 씨가 나를 태워 갈 예정이다.

그건 그렇고 6시까지 참석하라니 꽤 이른걸. 나츠키 씨 가게는 영업시간이 7시까지인데 파티 회장이랑 엄청 가깝나? 멍하니 그런 생각을 하고 있을 때 눈앞에 왜건이 멈춰 섰다. 코바야시 씨다. 티셔츠 밖으로 뻗어 나온 근육질의 남자다운 팔이 눈부셨다.

"조수석에 타."

"네."

옆에 앉을 수 있는 게 조금 기쁘다. 그 감정이 얼굴에 드러나지 않도록 참으며 차에 올라탔다.

"어떤 케이크를 만들었나요? 뒤에 있나요?"

뒷좌석을 돌아보자 짐이 한가득 실려 있었다.

"현장에서 조립할 거야. 아직 완성되지 않았어."

"원래 그런 건가요?"

"글쎄. 웨딩 케이크 주문은 이번이 처음이라서. 안전벨트 매."

늘 여유로운 옆얼굴이 오늘은 다소 굳어 보였다. 황급히 시키는 대로 하자 곧 차가 출발했다.

"긴장돼요?"

"순서를 생각 중이니까 말 걸지 마."

질문에는 대답해 주지 않았지만 '나답지 않게 긴장하고 있다'라는 뜻일 것이다. 코바야시 씨가 만든 웨딩 케이크를 볼 수 있다고 잔뜩 신났던 나까지 긴장이 전염되고 말았다.

차 안에는 내비게이션 음성만이 흘러나왔다. 어디로 가는 걸까? 물끄러미 내비게이션을 보며 신호가 바뀌기를 기다리고 있을 때 그가 화면을 조작해서 TV를 틀었다.

"조작은 터치패널로 하면 되니까 보고 싶은 채널 있으면 봐."

"아뇨, 됐어요! 내비게이션으로 놔둬도 돼요."

"너한테서 흘러나오는 압박감이 엄청나서 그래. 빨리 어떤 케이크인지 보여 달라는 오라가 풍기거든."

"안 풍겨요!"

"자각이 없다니 더더욱 문제로군."

"앗, 코바야시 씨, 파란불이에요! 앞을 보세요."

"나도 알아."

그가 조금이라도 관심이 있을 만한 방송을 틀자는 생각에 뉴스를 선택했다. 언제나 말다툼을 한 후에는 어깨에 들어 있던 힘이 빠져나간 것처럼 느껴진다. 기왕이면 내가 그의 긴장을 풀어 줄 말을 해 줄 수 있었다면 좋을 텐데.

TV를 보는 척하며 다른 생각에 잠겼다.

코바야시 씨는 지금 어떤 기분일까? 과거 그와 나츠키 씨 사이에 뭔가가 있었던 것은 분명하다.

드라마의 한 장면처럼 두 사람이 끌어안고 있는 모습을 상상하다가 그 생각을 서둘러 머릿속에서 쫓아냈다. 이런저런 생각을 하면 또 시끄러운 오라가 풍긴다고 트집을 잡을 것 같다.

30분도 채 달리지 않아서 차가 멈췄다. 약혼 파티라는 말을 듣고 호텔 같은 장소를 상상했는데 부부끼리 경영하는 듯한 이탈

리안 레스토랑이었다. 둘이 힘을 합쳐서 커다란 짐을 날랐다.

"금방 주차하고 올 테니까 넌 여기서 기다려."

주방은 정신없이 바쁘고 가게 안에 있기도 조금 불편했다. 밖에서 코바야시 씨를 기다리고 있을 때 택시 한 대가 멈췄다. 뒷좌석 문이 열렸지만 내리는 사람은 아무도 없었다. 별 생각 없이 쳐다보고 있을 때 지팡이가 불쑥 튀어나와 바닥을 두드렸다. 뒤이어 다리가 안 좋아 보이는 할아버지와 할머니가 내렸다. 둘 다 세미 정장을 입고 있었다.

혹시나 하고 있을 때 두 사람이 이쪽으로 다가왔다. 위태롭지만 망설임 없는 발걸음을 보면 틀림없다. 재빨리 가게 문을 열고 닫히지 않게 붙잡았다.

"드, 들어가세요!"

모르는 사람에게 친절을 베풀 때면 긴장되곤 한다. 접객 중에는 문을 열어 주는 것쯤 아무렇지도 않은데 그렇지 않을 때는 도무지 익숙해지지 않는다.

허리가 굽은 할아버지가 나를 올려다본 후 얼굴에 더욱 깊이 주름을 새기며 미소를 지었다.

"고마워요."

이런 말을 들었을 때 어떻게 대답해야 하는지 나는 아직 모른다. 그저 어색하게 허리를 굽혀 인사하면서 자연스럽게 웃음을 되돌려줄 수 있는 사람이 되고 싶다고 생각했다.

가게 안쪽에서 한 아주머니가 나와 두 사람을 맞이했다. 서로 아는 사이인지 할아버지가 너무 일찍 와서 미안하다며 사과를 건넸다. 문을 닫으려던 순간, 어느새 코바야시 씨가 등 뒤에 있었다.

"앗! 기척 지우고 다니지 마세요!"

그의 시선은 나를 지나 노부부를 향하고 있었다. 이윽고 그는 긴장한 것처럼 입을 꾸욱 다물고 그들에게 달려갔다.

"오랜만에 뵙습니다."

"오, 잘 지냈나? 조금 마른 것 같은데……. 밥이라면 또 먹으러 오게. 오늘은 어떤 케이크를 만들 생각이지?"

"혹시 나츠키 씨한테 들으셨습니까? 그래서 이 시간에 오신 겁니까?"

여기서는 코바야시 씨의 등밖에 보이지 않는다. 하지만 할아버지의 얼굴은 확실하게 보였다. 장난기 가득한 미소를 지으며 할아버지가 말했다.

"호오, 날 신경 쓸 여유가 있나? 시간이 점점 줄어들고 있는데."

"실례합니다……."

코바야시 씨는 인사를 한 후 셰프복과 셰프모를 착용하고 안쪽 주방으로 들어갔다. 아마도 손을 씻으러 간 모양이다.

그 후 작업은 일사천리로 진행됐다. 5분도 되지 않아 생크림을 거품 내고 크기가 다른 동그랗게 썬 딸기 롤 케이크를 세로로 겹겹이 쌓아 올렸다. 저 하얀 케이크 시트는 '4월의 스노우 화이트 케이크' 와 같은 거다. 특별한 날 저 케이크 시트를 선택해 줘서 기뻤다.

울퉁불퉁한 부분을 고르게 가다듬는 것처럼 표면에 생크림을 바르자 원뿔형 타워가 만들어졌다.

케이크는 이런 식으로 만들어지는구나……. 만드는 모습을 제대로 보는 건 이번이 처음이었다. 망설임 없는 손놀림과 진지한 옆얼굴. 하얀 셰프복 때문일까, 마치 신성한 일을 하는 것처럼 고귀해 보였다. 집중하고 있는 그를 방해하면 안 된다고 생각하면서도 눈을 뗄 수 없었다.

"모모."

그의 부름에 퍼뜩 정신을 차렸다.

"이거 들고 옆에 서 있어. 마카롱은 넉넉하게 만들었으니까 깨진 건 너한테 줄게."

마카롱이 든 케이스를 받아 들고 나서야 겨우 왜 이 자리에서 조립하기로 했는지 알 수 있었다. 크로캉부쉬처럼 마카롱을 붙일 생각이다. 근데 마카롱은 안에 크림이 들어 있고 표면이 동글동글 통통하고 귀여운 게 매력 아닌가. 이 케이스에 들어 있는 마카롱은 달랑 한 장. 마카롱보다는 쿠키 같고 게다가 전부 표면이 갈라져 있다. 나는 머뭇거리며 말했다.

"코바야시 씨, 이거 거의 다 갈라졌는데……."

"일본에서는 주류가 아닌 방법으로 만든 것뿐이야. 프랑스 로렌 지방의 낭시 마카롱이지."

그렇게 말하며 그는 한 개를 집어서 내게 내밀었다. 받아서 먹어 보자 표면은 고소하고 안쪽은 쫀득쫀득한 독특한 식감이었다. 부드러운 아몬드 향이 근사했다.

그는 계속해서 달걀빵처럼 부풀어 오르거나 가리비 같은 모양 등 생소한 형태의 마카롱으로 탑을 장식했다. 꼭대기에는 하얀 비단 리본을 달았다. 높이 30센티미터가 훌쩍 넘는 케이크는 웨딩 케이크다운 화려함과 품격을 풍겼다.

"몰래 집어먹지 말아라."

"안 먹어요!"

작업을 마친 후 그는 한시름 놓은 듯이 온화하게 웃으며 셰프모를 벗었다.

"데려다줄 테니까 준비해."

"그 전에 사진 찍어도 돼요?"

"마음대로 해."

서둘러 스마트폰을 꺼내 사진 찍을 준비를 하고 있을 때 밖에서 떠들썩한 소리가 들렸다. 파티에 참석하는 사람들인가? 시계를 보자 8시였다. 시간이 그렇게 지난 줄은 몰랐다.

문을 열고 들어온 인물을 본 순간 눈을 크게 떴다. 어깨가 드러나는 파란 칵테일 드레스를 입은 나츠키 씨였다. 머리를 길게 늘어뜨렸을 뿐 액세서리도 하지 않았지만 스팽글과 입체적이고 컬러풀한 조화(造花)가 비대칭으로 디자인된 드레스가 그녀의 아름다운 몸매를 한층 돋보이게 해 줬다.

뒤따라 들어온 것은 정장 차림의 청년. 아마도 그녀의 약혼자. 동안인 모양인지 전에 들었던 나이보다 훨씬 젊어 보였다. 그의 부모님인 듯한 두 사람도 뒤따라 들어왔다.

나츠키 씨는 그들을 신경 쓰지 않고 곧장 코바야시 씨에게 다가왔다.

"잠깐, 슈이치로. 왜 차 키를 들고 있지. 내 약혼을 축하해 줄 생각이 없는 거야?"

"아뇨, 그게 아니라……."

코바야시 씨가 뭔가 대답하기 전에 나츠키 씨는 케이크로 시선을 옮겼다.

"호오, 이게 네 케이크구나. 건배하기 전에 왜 이 케이크를 만들었는지 발표해 줘. 우리 스태프들한테 공부가 되도록. 그러니까 차 키는 잠시 압수."

그렇게 말하며 그녀는 코바야시 씨의 손에서 키를 빼앗았다. 그리고 차 키에 달려 있는 가죽 스트랩의 링에 손가락을 끼웠다.

"아르바이트생을 바래다줘야 되니까 돌려주세요."

코바야시 씨의 말에 나츠키 씨가 나를 쳐다봤다. 그녀는 고개를 갸웃거리며 나를 향해 양손을 맞댔다.

"15분 정도만 기다려 줄래?"

귀여운 동작인데도 팔뚝에 살짝 근육이 잡혀서 거절하면 키를 부러뜨릴지도 모른다는 생각이 들었다.

고개를 끄덕인 것은 겁을 먹어서가 아니라 나도 코바야시 씨가 이 케이크를 만든 이유를 알고 싶었기 때문이었다. 시식할 때는 없었던 케이크. 게다가 가게에서는 마카롱을 팔지 않았다.

레스토랑에 점차 사람들이 들어왔다. 의외로 다들 편한 복장이라 나츠키 씨의 칵테일드레스가 너무 튀어 보였다.

인파에 떠밀려 벽 앞에 멍하니 서 있자니 갑자기 불안해졌다. 도우러 오긴 했지만 이곳에 있는 사람들은 모두 나츠키 씨의 관계자이자 낯선 어른들뿐. 유일하게 얼굴을 아는 오가타 씨가 말을 걸어 줬지만 곧 다른 사람에게 불려 갔다.

건배용 음료를 사람들에게 나눠 준 후, 나츠키 씨의 낭랑한 목소리가 가게 안에 울려 퍼졌다.

"여러분, 오늘 바쁜데 이렇게 와 줘서 고마워요! 건배를 하고 나면 오늘 케이크를 만든 코바야시 군이 케이크 콘셉트를 소개해 줄 거랍니다."

순간 소란스러웠던 가게 안이 조용해졌다. 그만큼 다들 그를 주목하고 있다는 뜻이다.

코바야시 씨가 셰프모를 고쳐 쓰며 마카롱 타워 옆에 섰다.

나도 교실 앞에 나가서 발표한 경험은 있지만 아마 그것과는 비교할 수 없을 만큼 중압감이 느껴지겠지. 아무래도 현역 파티시에들에게 둘러싸여 있으니까.

멋대로 가슴을 졸이고 있을 때 코바야시 씨와 눈이 마주쳤다. 순간 이상하게도 마음이 진정됐다. 미소를 지어 준 것도 아닌데 그 의연한 얼굴이 걱정 말라고 말해 준 듯한 기분이 들었다.

"제가 의뢰받은 것은 웨딩 케이크입니다. 마카롱을 사용한 것은 몇 가지 이유가 있기 때문이죠. 굳이 설명 드릴 필요도 없겠지만 일본에서 주류를 차지하고 있는 가나슈와 콩피튀르가 든 두 겹 마카롱은 비교적 최근에 만들어진 파리식 마카롱입니다. 마카롱의 기원은 이탈리아이며 16세기에 프랑스에 전해진 것으로 알려져 있습니다. 당시에는 이동 수단이 많지 않았기 때문에 각각 지역에 따라 서로 다른 레시피가 만들어졌죠. 그런 마카롱을 사용하여 가족이란 서로 다른 환경에서 자란 사람들이 함께하는 것임을 표현하고 싶었습니다. 또 오늘 이 자리에서 처음 만나는 분들도 있는 만큼 가볍게 화제로 삼을 수 있도록 맛에 변화를 주고 싶었습니다. 여성분이 입가가 지저분해질까 봐 신경 쓰지 않고 드실 수 있도록 작은 한입 사이즈로 만들었습니다."

"모양이 좀 수수하네. 청초한 스타일이랄까, 소박한 느낌? 접착할 때 시럽을 사용하지 않은 이유는 뭐지?"

나츠키 씨가 거침없이 말했다. 코바야시 씨는 흔들림 없이 대답했다.

"제가 이상적으로 생각하는 웨딩 케이크는 먹을 수 있는 케이크입니다. 토대도 빨간 딸기와 하얀 시트를 홍백으로 조합한 롤케이크를 사용했습니다. 시럽으로 접착하면 보기에는 좋지만 아무래도 먹기 힘드니까요. 그리고 화려함이라면 신부가 있지 않습니까."

"말솜씨가 늘었는걸."

웃으며 말한 후 나츠키 씨는 사람들을 돌아보았다. 어떤 평가를 내릴까? 숨을 삼키며 이어질 말을 기다렸다.

그녀가 와인 글라스를 높이 들며 말했다.

"약혼은 거짓말입니다—!"

그리고 하얀 목을 젖히며 꿀꺽꿀꺽 단숨에 잔을 비웠다. 어안이 벙벙했다. 나를 포함한 모두가 멍하니 그 모습을 바라보았다.

거짓말……?

나츠키 씨는 빈 와인글라스를 옆의 약혼자에게 내밀었다. 그가 허둥지둥 와인을 따랐다. 그곳에는 눈길조차 주지 않고 그녀는 말을 이었다.

"약혼자와 부모님은 아르바이트입니다. 축복해 준 여러분, 미안해요. 오늘은 슈이치로의 성장을 보기 위해 시험 삼아 이 자리를 마련했습니다."

나는 코바야시 씨를 쳐다보았다. 하지만 포커페이스라 속마음을 읽을 수 없었다.

"서른이나 먹은 여자한테 프린세스라는 가게 이름은 너무 안 어울린다고 뒤에서 험담하는 사람도 있지만, 그래도 자부심을 갖고 지은 이름입니다. 손님 한 분 한 분이 일상에서 벗어나 특별한 기분을 맛볼 수 있는, 그런 케이크와 시간을 제공한다는 뜻이죠. 제게 가게 이름이란 말하자면 가게 주인으로서 하는 선언입니다. 그래서 간판도 걸지 않고 케이크를 만드는 겁쟁이가 과연 손님들의 얼굴을 상상할 수 있을지 걱정이 됐죠."

그렇게 말한 후 나츠키 씨는 마카롱 타워에서 마카롱 하나를 집어먹었다. 우연이지만 아까 내가 먹은 낭시 마카롱이었다. 나츠키 씨는 마카롱을 씹으며 와인을 시음하는 것처럼 코로 숨을 내쉰 후 말을 이었다.

"그 걱정은 기우였다는 걸 오늘 알았습니다. 조금 이른 여름 파티라고 생각하고 마음껏 먹고 즐기세요. 건배!"

그녀는 여유롭게 웃으며 다시 한번 와인글라스를 들었다. 이곳에 모인 사람들은 그녀의 마무가내 행동에 익숙한지 저마다 "건배!"라고 외쳤다. 그걸 신호 삼아 갓 구운 피자가 서빙되었다.

"나츠키 씨는 정말 놀랍군……."

"하지만 왠지 마음이 놓여요."

"저녁 밥값이 굳었다고 생각하면 되겠지."

웃으며 얘기하는 사람들과 테이블에 가로막혀 코바야시 씨에게 다가갈 수 없었다. 나츠키 씨가 그에게 말을 걸고 그가 웃으며 대답하는 모습이 보였다. 그것만으로도 다리가 움츠러들었다.

"아가씨, 여기 비어 있다네."

누군가 손등을 톡톡 두드렸다. 지팡이를 든 할아버지가 긴 의자에 앉아서 미소 짓고 있었다.

"아니에요, 전 이만 가 봐야 돼서요……."

"조금 먹고 가지 그래. 사양할 것 없어. 내가 가져다줄까."

그렇게 말하며 자리에서 일어서려고 하는 바람에 다급히 말렸다.

"아뇨, 괜찮아요……. 인사가 늦어서 죄송합니다. 저는 마키노라고 해요. 코바야시 씨의 가게에서 아르바이트를……."

했었다고 과거형으로 말하는 건 왠지 내키지 않았다.

"나는 아마미야, 저쪽에 먹을 걸 가지러 간 사람은 아내 우메코라네. 아가씨는 케이크를 좋아하나?"

"좋아해요. 하지만 먹기만 하고 만들지는 않아요."

"그게 제일 큰 재능이야. 먹는 것도 공부니까. 그러니까 저 케이크를 먹고 싶으면 눈치 보지 않아도 돼."

"저는 그렇게 속이 훤히 보이나요……?"

처음 보는 사람도 눈치 챌 정도인가? 스스로 어이없어하며 묻자 아마미야 씨는 부드럽게 웃으며 고개를 끄덕였다.

"모모."

인간 울타리 너머에서 누가 내 이름을 불렀다. 이쪽이 잘 보이지 않는 걸까, 코바야시 씨가 손짓을 했다.

"죄송해요, 절 불러서요."

그러자 아마미야 씨가 악수를 청하듯이 오른손을 내밀었다. 일상생활에서는 잘 하지 않는 행동이라 당황했지만 그래도 머뭇거리며 악수를 했다.

"저 아이를 잘 부탁하네."

그게 성인 남성을 가리키며 할 말은 아니지 않을까. 맞잡은 손도 그저 살짝 쥐고 있기만 한 것처럼 힘이 담겨 있지 않았다. 하지만 절실한 마음이 느껴졌다. 그 손을 감싸듯이 양손으로 꼬옥 움켜잡았다.

오늘이 코바야시 씨와 만나는 마지막 날이라는 말은 차마 할 수 없었다.

거짓말을 한 것 같은 죄책감을 느끼며 코바야시 씨 옆으로 다가갔다. 나츠키 씨는 이미 다른 사람과 얘기를 나누고 있었다. 그가 차 키를 내게 보여 주며 말했다.

"지금 데려다줄게."

"혼자 갈 수 있어요. 그냥 파티를 즐기세요."

"어차피 한 시간 안에 끝낼 사람들이 아니야. 널 데려다주고 돌아와도 계속 놀고 있을걸. 괜히 신경 쓰지 마."

그렇게 말하며 곧장 걷기 시작하는 바람에 얼른 뒤를 쫓았다. 다른 사람들이 저마다 말을 걸어도 그는 "음.", "그래.", "나중에."라고 대답하며 그대로 지나쳤다.

밖으로 나가기 전에 문득 궁금해서 가게 안을 돌아보았다.

코바야시 씨의 관계자 중에 정장을 입고 있는 사람은 나츠키 씨와 아마미야 부부뿐이다. 나츠키 씨가 사람들을 속이기 위해 드레스를 입은 건 알겠다. 그럼 아마미야 씨는?

"어이, 모모. 가자."

그 대답은 코바야시 씨를 보고 깨달았다.

말은 하지 않았지만 아마미야 씨는 코바야시 씨의 스승님이다. 오늘이 그를 시험하는 날이라는 걸 알고 그와 가장 가까운 사람들만 정장을 입고 있다. 굳이 먹어 보지 않아도 그가 합격할 것임을 굳게 믿고 축하하는 자리에 어울리는 복장을 선택한 것이다.

좀 더 얘기를 나누고 싶었는데…….

아마미야 씨뿐만 아니라 나츠키 씨와도.

코바야시 씨를 사랑하는 사람과는 분명 얘기가 잘 통할 테니까. 하지만 그럴 기회는 절대 없을 거라고 생각하자 레스토랑을 떠나는 게 아쉽게 느껴졌다.

5

차를 타서 이동하고, 얼마쯤 지나 내가 먼저 입을 열었다.

"아마미야 씨 부부 중에 누가 스승님인가요?"

"두 분 다. 케이크는 아버님께, 접객은 어머님께 배웠어."

사장님, 사모님이 아닌 친근한 호칭이 그들의 친밀한 관계를 말해 줬다.

"지팡이는 언제부터……?"

"3년 전 뇌경색으로 쓰러지신 후부터."

그 뒤로 그는 입을 다물었다. 뭔가 밝은 화제를 찾다가 떠오른 것은 나한테는 우울한 화제였다.

"나츠키 씨가 결혼하지 않아서 다행이네요……. 코바야시 씨는 나츠키 씨를 좋아하죠?"

앞을 바라보며 최대한 자연스럽게 들리도록 조심해서 말하자 코바야시 씨가 갑자기 브레이크를 밟았다. 안전벨트를 매고 있어도 반동 때문에 상반신이 앞으로 쏠렸지만 옆에서 코바야시 씨가 감싸듯이 왼팔을 뻗었다.

"뭐, 뭐예요?"

"그건 내가 할 말이야. 왜 그런 생각을 한 거지……?"

믿을 수 없다는 듯이 그가 나를 바라보았다. 적어도 연심을 들켜서 부끄러워하는 반응은 아니었다.

"그치만 의뢰를 받았을 때 조금 언짢은 얼굴을 했잖아요? 게다가 약혼이 거짓말인 걸 알고 안심하는 눈치였고. 전에 사귀던 사이 아닌가요?"

"아니야! 말도 안 되는 소리 하지 마."

"나츠키 씨가 쉬는 날에 맞춰서 가게에 갔었잖아요! 옛날에 뭔가 있었으니까 보고 싶지 않았던 거 아닌가요?"

"그건…… 그 사람과 너를 마주치게 하기 싫어서 그런 거야."

"왜요?"

"그 사람, 스마트폰 대기화면이 마키노 군 사진이야. 마키노 군이 거리에서 글씨를 써 준 적이 있다던데 그 뒤로 완전히 팬이 됐지."

겨우 이해가 됐다.

동생이 아무리 마을의 유명인이라도 팬은 같은 또래의 여자애나 할아버지 할머니들이다. 장사를 하는 사람은 이 지역의 정보를 잘 알 거라고 멋대로 생각했지만 일반적으로 생각하면 서예와도 고등학생과도 아무 관련이 없는 코바야시 씨가 동생을 알 리가 없다.

그렇게 생각하다가 문득 나츠키 씨의 반응을 떠올리자 반박이 튀어나왔다.

"하지만 나츠키 씨는 그런 말은 한 마디도 안 했잖아요."

"너라면 말할 수 있겠냐? 띠동갑보다 어린 사람한테 '댁의 쌍둥이 동생 기사를 오려서 일력 캘린더를 직접 만들었어요'라고."

"……."

예상을 뛰어넘는 깊은 사랑이었다. 이상적인 성인 여성상이 점점 무너진다.

"게다가 약혼은 처음부터 거짓말일 줄 알았어."

"억!"

"결혼식 날짜도 안 정라고 피로연은 너무 성급하잖아. 게다가 마침 한 달 후에 의뢰라는 딱 떨어지는 날짜도 수상하고. 무엇보다 그 야심만만한 사람이 자기 결혼식에 케이크를 직접 프로듀스하지 않을 리가 없지. 그래도…… 그 사람의 관심이 다른 곳으로 옮겨갔을지도 모른다고 생각해서 믿는 마음은 반반이었다만."

"하지만…… 역시 뭔가 있었던 건 맞죠? 이름을 부르려고 하지 않을 정도로."

그렇게 지적하자 그는 뭔가 말하고 싶은 것처럼 입을 열었다. 하지만 결국 아무 말도 하지 않고 후우 숨을 뱉었다. 그리고 천천히 차를 움직여 갓길에 세운 뒤 시동을 껐다.

"재미없는 얘기니까 맞장구쳐 주지 않아도 돼. 대충 한 귀로 흘려 들어줘."

시트에 등을 기대며 그렇게 운을 뗀 후, 그는 무거운 입을 열었다.

"스승님과는 제일 밑바닥에 떨어져 있을 때 만났어. 고등학교 때부터 사귀었던 여자 친구와 이혼하기 전이었지."

이혼. 당연히 그 전에 결혼을 했었다는 뜻이다. 여자를 싫어하면서? 그걸 극복할 만큼 멋진 여성을 만났나? 아니, 하지만 이혼한 걸 보면 그렇지도 않았나? 내가 혼란스러워하는 동안에도 그의 이야기는 계속됐다.

"이혼의 원인은 그녀의 바람기였어. 약혼 기간 중에도 바람을 피웠는데 그때는 외로워서 그랬다며 상투적인 변명을 하더군. 그 자리에 같이 있던 그녀의 친구는 나를 비난했어. 실수 한 번쯤은 눈감아 주는 게 사랑이라면서. 일 때문에 계속 못 만났던 것도 사실이고, 무엇보다 6년 동안 사귀면서 가족들과도 친하게 지냈기 때문에 그때는 용서했지. 그런데 결혼한 지 반년이 지나자 또 다시 바람을 피우더군. 게다가 불륜 상대는 친구의 남편이었지. 전에는 사랑 운운하며 설교했던 주제에 이번에는 손바닥을 뒤집듯이 태도를 바꿔서 나를 욕하더군."

"코바야시 씨는 하나도 잘못한 게 없잖아요……."

"글쎄, 모르겠군. 일단 별거는 했지만 좀처럼 이혼에 응하지 않았지. 어딜 가도 그녀와의 추억이 남아 있는 것 같아서 아무데도 갈 수가 없었어. 그러다 간판도 제대로 보지 않고 레스토랑인 줄 알고 들어갔던 곳이 바로 스승님의 양과자점이었지. 따뜻한 가게 안과 달콤한 케이크. 서로를 아끼며 일하는 두 분이 행복의 상징처럼 보여서 눈물이 나더군."

말투는 담담했지만 때때로 괴로운 듯이 미간에 주름이 새겨졌다.

"사정을 털어놓자 두 분은 다정한 말로 날 위로해 주셨어. 나는 빈말을 곧이곧대로 믿고 매일 그곳에서 저녁을 먹었어. 그러다 옛날 그 가게에서 아르바이트를 했던 나츠키 씨가 매일 이상한 남자가 찾아온다는 말을 듣고 상황을 보러왔지. 결국 나츠키 씨가 이혼 소송에 강한 변호사를 소개해 줘서 이혼할 수 있었어. 이혼한 아내가 재결합을 요구하며 쫓아다니는 바람에 직장을 그만뒀을 때도, 신세를 진 보답으로 스승님의 맛을 이어받으면 어떻겠느냐며 길을 제시해 줬지. 뭐 레시피는 가르쳐 줘도 '이젠 취미로 하는 거나 다름없는 가게니까.' 라면서 나를 고용해 주진 않았지만. 그때 마침 가게를 차린 나츠키 씨가 나를 고용해 줬지만 환경이 그렇다 보니 여자는 지긋지긋해서 내 가게를 차린 거야. 나츠키 씨한테는 성밀 감사하고 있어. 하지만 나츠키 씨를 보면 자꾸만 괴로웠던 그때가 떠올라."

그 마음은 이해가 된다.

그에게 나츠키 씨는 내게 동생 같은 존재다. 좋은 아이라는 건 안다. 신경 쓰지 않으려고 노력하고 있지만 옆에 있으면 열등감에 시달린다. 최근 동생과 평범하게 대화하게 된 것은 코바야시 씨 덕분이 크다.

그는 먼 곳을 응시한 채 중얼거렸다.

"네가 언젠가 물었지? 여자를 싫어하냐고. 싫은 게 아니라…… 무서워."

머리부터 찬물을 뒤집어쓴 것처럼 몸과 마음이 굳어 버렸다.

나는 그를 만나서 구원받았지만, 그에게는 정반대였다. 내 존재 자체가 혐오와 공포의 대상이었는데 나는 줄곧 그에게 어리광을 부렸다. 부끄러움과 당혹감으로 무릎이 떨렸다. 울고 싶지만 내겐 그럴 자격조차 없었다.

"처음에는 너한테 화가 났어. 내가 필사적으로 지켜온 것들을 망가뜨리려 들었으니까."

"죄송해요……."

차를 얻어 탄 것조차 미안해서 안전벨트를 풀려고 했다. 하지만 그가 내 손을 감싸듯이 잡으며 그것을 막았다.

"케이크에 안 좋은 추억이 있는 주제에 케이크를 좋아하다니 이상한 녀석이라고 생각했어. 나는 무서워서 여자를 피했는데, 너는 엄마가 널 싫어할지도 모른다고 생각하면서도 정면으로 마주하려고 했지. 내가 할 수 없었던 것을 여고생이, 그것도 훨씬 어린 나이부터 해 왔다는 걸 깨닫고 나니까 나 자신이 참을 수 없이 한심하게 느껴졌어. 이번에 시험이라는 걸 알면서도 받아들인 건…… 나는 이제 괜찮다고 모두에게 알리고 싶었기 때문이야. 꽤나 고생하긴 했지만."

그리고 귓가에서 부드러운 목소리로 내 이름을 불렀다. 머뭇머뭇 그를 바라보자 그는 나를 물끄러미 응시하며 미소 지었다.

"네 덕분이야."

뭐라고 대답해야 할지 알 수 없었다.

'아니에요.' 라고 반사적으로 대답할 뻔했다. 하지만 그렇게 대답하면 그의 마음을 받아들이지 않는 것 같아서 싫었다.

그래서 아무 말도 하지 않고 그저 딱 한 번 고개를 끄덕였다. 얘기해 줘서 기쁘다는 감사의 마음을 담아서.

그도 작게 고개를 끄덕인 후 다시 내게 안전벨트를 단단히 채워 주고 차를 출발시켰다.

이것이 그와 보내는 마지막 시간이다.

뭔가 말을 해야 할 것 같았지만 그의 괴로운 기억을 헤집는 것 같아서 아무 말도 할 수 없었다. 결국 한마디도 없이 집에 도착해서 고맙다고 인사하며 차에서 내렸다.

"오늘 고마웠습니다."

"아니야, 나야말로. 아, 마카롱 갖고 가. 그릇은 돌려주지 않아도 돼. 그럼 잘 있어라."

조수석 창문이 닫힌다. 그곳에 억지웃음을 짓고 있는 내가 비친다. 아아, 이럴 때도 웃을 수 있구나. 그런 놀라움과 낙담도 표정에는 반영되지 않는다.

손을 흔들며 밝게 헤어지면 코바야시 씨에게 좋은 추억이 될 수 있을까? 그것은 달콤한 유혹이었다. 하지만 차가 달리기 시작한 순간 불가능하다는 것을 깨달았다. 다리가 멋대로 달려서 차를 뒤쫓았다.

곧 차가 멈추고 조수석 창문이 내려갔다. 그가 몸을 앞으로 내밀며 "무슨 일이야?" 라고 물었다. 숨을 고를 틈도 없이 외쳤다.

"좋아해요!"

그가 놀란 듯이 눈을 동그랗게 떴다. 지금까지와는 비교도 되지 않을 만큼 부끄러웠다. 아뿔싸. 나는 허둥지둥 덧붙였다.

"코, 코바야시 씨의 케이크를요! 계속 먹고 싶으니까 앞으로도 일하게 해 주세요."

내가 생각해도 말하는 게 엉망진창이다.

그는 나를 칭찬해 줬지만 내가 엄마와의 불화를 털어놓았던 것은 문제를 해결하고 싶다는 100% 긍정적인 이유 때문만은 아니었다. 당시 까칠하게 구는 그에게 조금 심술을 부리고 싶었기 때문이었다. 우연히 알게 된 타인의 불행한 얘기를 듣고 싶은 사람은 없으니까.

하지만 그는 정반대였다. 호기심 많은 여고생에게 성의껏 진지하게 의견을 들려줬다.

새삼 그를 알고 싶어졌다. 뭐든지 척척 해내는 엄청난 실력의 파티시에 코바야시 씨만이 아니다. 이번에야말로 그라는 한 인간을 지켜보고 싶다.

"접객도 아직 공부 중이고 지식도 부족하지만…… 그치만 절 보면서 여자에 내성을 기르는 연습하는 거라고 생각해 주세요."

"……."

코바야시 씨는 엄격한 얼굴을 하고 있었다. 퍼뜩 정신이 들었다. 접객 경험이 없어서 실수한 적은 있어도 여자 점원이라서 트러블이 생긴 적은 없다. 하지만 지금까지 없었다고 해서 앞으로도 그럴 거라는 보장은 없다.

여자 금지 가게에서 여고생을 고용하는 것이다. 이번에는 한 달 한정이 아니다. 그의 입장에서는 큰 기로에 놓인 셈이다.

여기서 거절당하면…… 포기하자. 물론 싫지만, 하지만 그런 식으로 내심 타협을 하기 시작했다.

길게 느껴지는 침묵이 흘렀다.

"주말에 일하면 놀 수 없을 텐데."

"지금은 노는 것보다 코바야시 씨 가게에서 일하고 싶어요."

"일의 양도 지금까지와는 다를 거야. 배워야 할 것도 허드렛일도 늘어날 거다."

"열심히 할게요!"

조수석 창문에 달라붙을 기세로 진지하게 대답했다. 잠시 서로를 바라본 후 마침내 그가 입을 열었다.

어이없다는 듯이 한숨을 쉬며, 하지만 다정함이 배어 있는 평소의 목소리로.

"그럼 토요일에 또 보자."

"네! 토요일에."

내가 떨어지고 나서 다시 달리기 시작한 차를 이번에는 가만히 배웅했다. 차가 보이지 않을 때까지 커다랗게 손을 흔들면서.

토요일 아침은 맑았다. 어젯밤 내내 비가 내려서 오늘도 그럴지 모른다고 각오했는데 다행이다.

아침 식사를 하며 코바야시 씨가 준 마지막 마카롱을 먹었다. 생떼밀리옹의 마카롱. 표면은 폭신하고 안은 촉촉한 식감에 소박한 맛이다. 도서관에서 빌린 책에 의하면 생떼밀리옹은 와인 산지라 마카롱 반죽에 레드 와인을 넣어 굽는 것이 특징이라고 한다.

마카롱 하나에도 그 지역 사람들의 생활이 담겨 있다. 알려고 하지 않으면 내게 마카롱은 파리식 마카롱뿐이었을 것이다. 그런 식으로 못 보고 지나친 것들이 지금까지 얼마나 많았을까.

그것은 양과자나 세계의 뉴스뿐 아니라 가족에게도, 또 나 자신에게도 해당되는 말이다. 내가 자진해서 아르바이트를 지원할 만큼 행동이 앞서는 사람이라고는 생각도 못했다.

4월보다 조금 길어진 머리를 손가락 끝으로 정돈한 후 집을 나섰다. 처음에는 참을 수 없이 싫었던 짧은 머리도 이제는 완전히 마음에 들어서 또 자를까 하는 생각도 들기 시작한다.

가짜 약혼 파티 날 이후 문득 떠오르는 생각이 있다.

나츠키 씨는 지금까지 줄곧 그를 분발하게 격려하고 등을 떠밀었을 것이다. 그리고 그도 여성에 대한 공포심을 극복하고 싶었겠지. 내가 억지로 밀어붙였던 일들이 실은 그가 바라던 것 아니었을까? 그렇다면 그는 대단한 책사다.

가게 문을 열고 평소처럼 밝고 씩씩하게 말했다.

"안녕하세요! 그릇 고마웠습니다. 위에 두고 올게요."

그대로 주방을 지나려던 순간 코바야시 씨가 나를 불렀다.

"새로 주차 공간을 계약했으니까 먼저 어딘지 안내해 줄게. 타임카드 찍고 나서 옷 갈아입지 말고 내려와."

먼 곳에서 오는 손님이 많은데 다들 좋아하겠네. 상상만 해도 기쁘다.

새로 쓴 타임카드를 출퇴근 기록기에 꽂았다. 전에는 기계적으로 느껴졌던 그 소리가 오늘은 힘내라고 응원해 주는 것처럼 들렸다. 즉 뭐든 내 마음가짐에 달린 셈이다.

계단을 내려가서 코바야시 씨와 밖으로 나갔다. 모르는 집의 수국꽃이 예뻐서 쳐다보고 있을 때 내 시선을 눈치챈 그가 말했다.

"오늘부터 수국 모양 젤리를 얹은 무스를 판매할 예정이야."

"꼭 살게요!"

"손님이 먼저야."

얘기를 나누다 보니 목적지인 주차장에 도착했다. 다른 가게와 공동으로 사용하는 코인 주차장이었다. 번호와 함께 손글씨로 쓴 듯한 팻말을 발견했다.

낯익은 각진 글씨로 쓴 〈un homme〉.

문득 나츠키 씨의 말이 떠올랐다.

'간판도 걸지 않고 케이크를 만드는 겁쟁이가 과연 손님들의 얼굴을 상상할 수 있을지 걱정이 됐죠.'

그 말은 코바야시 씨에게 확실하게 전해졌다.

"이봐, 듣고 있어?"

"죄송해요, 못 들었어요. 다시 한번 말해 주세요."

뒤돌아서서 손님께 드릴 주차장용 메달에 대한 설명을 들었다.

처음에는 가짜 샵 카드를 만들었던 사람이 이제는 가게 이름을 내걸게 되다니. 어쩌면 여자 금지가 풀릴 미래도 그리 멀지 않을지도 모른다.

그런 예감이 들게끔 비가 개인 아스팔트와 팻말에 밝은 햇살이 쏟아졌다.

〈끝〉

만드는 법

[케이크 시트]

① 달걀 흰자를 거품 낸다. 거품이 잘게 올라오면 설탕을 3번에 나누어 넣어서 윤기 있고 단단한 머랭을 만든다.

② 우유와 바닐라 오일을 넣고 거품기를 조금 천천히 움직여 거품을 고르게 만든다.

③ 박력분을 넣고 재빨리 섞는다.

④ 80% 정도 섞이면 버터를 넣고 밑으로 가라앉은 것을 퍼 올리듯 전체를 섞는다.
(③④는 재빨리. ④를 끝낼 때쯤 가루가 보이지 않을 정도로)

⑤ 틀에 붓고 5센티미터 정도 높이에서 두 번 정도 떨어뜨려 공기를 뺀다.

⑥ 오븐에 넣고 30분간 굽는다.

⑦ 다 구워지면 틀을 거꾸로 뒤집어 그물망에 엎어놓고 1분 정도 놔둔다.

⑧ 틀에서 꺼내 유산지를 떼어내고 젖은 행주로 감싸 망에서 식힌다. 이때 거꾸로 놓아 두면 윗면이 평평해진다.

[시럽]

냄비에 물과 설탕을 넣고 불에 올린 후 설탕이 녹으면 불을 끈다.
열기가 가시면 브랜디를 넣는다.

[크림]

볼에 생크림과 그래뉴당을 넣고 얼음물로 볼의 바닥을 식히면서 80% 정도 휘핑한다. (거품기로 뜨면 크림에 뿔이 서고 부드럽게 휘어질 정도.)

[조립]

①사이에 끼울 딸기를 5mm 두께로 자른다. 장식용은 원하는 모양으로 만든다.

②완전히 식힌 케이크 시트를 반으로 슬라이스한다.

③케이크 시트 아래쪽 단면에 시럽을 붓으로 바르고 크림을 바른다.

④딸기를 얹고 그 위에 다시 크림을 바른 후 윗부분 케이크 시트 단면에 시럽을 발라서 덮는다.

⑤윗면에 시럽을 바르고 크림을 전체(윗면과 옆면)에 바른다.
(전체적으로 얇게 바르고 나서 한 번 식힌 후 다시 한번 바르면 깔끔하게 완성된다.)

⑥남은 크림을 짤주머니에 넣고 원하는 모양으로 짠 후 딸기를 장식한다.

un homme 특제 레시피

하얀 케이크

재료

직경 18cm 원형 1개 분량

[케이크 시트]

달걀 흰자………… 5개 분량
설탕 ……………… 80g
박력분 …………… 80g
버터 ……………… 20g
우유 ……………… 2T
바닐라 오일……… 조금

* T : 큰술(Tablespoon)

[시럽]

물………………… 50cc
설탕 ……………… 30g
브랜디 …………… 1T

[크림]

생크림 …………… 200cc
그래뉴당 ………… 15g

딸기……………… 적당량

※작품 속에서는 계란을 사용하지 않고 유청(유청파우더)을 사용했지만 구하기 어렵기 때문에 여기서는 쉽게 만들 수 있도록 계란 흰자를 사용하는 레시피를 실었습니다. 계란 알레르기가 있는 분은 주의하시기 바랍니다.

사전 준비

- 틀 안쪽에 샐러드유(분량 외)를 얇게 바르고 유산지를 붙인다.
- 버터를 전자레인지나 중탕으로 녹인다.
- 오븐을 180℃로 예열한다.
- 박력분을 체에 내린다.

만드는 법

[케이크 시트]

① 볼에 아몬드가루와 가루 설탕을 넣고 거품기로 가볍게 섞어 둔다.
② 전동 믹서로 바꾼 후 달걀 2개를 3~4회로 나누어 넣고 그때마다 잘 섞는다.
③ 다른 볼에 달걀 흰자를 거품 내고 그래뉴당을 넣어 단단한 머랭을 만든다.
④ ②의 볼에 박력분을 넣고 빠르게 섞는다.
⑤ 가루가 보이지 않게 되면 ③의 머랭을 한 스쿱 넣고 고르게 잘 섞는다.
⑥ 남은 머랭을 두 번에 나누어 넣고 빠르게 섞는다.
⑦ 녹인 버터를 넣고 재빨리 섞는다.
⑧ 오븐 팬에 붓고 귀퉁이까지 빈틈없이 펴서 오븐에서 15분간 굽는다.
⑨ 다 구워지면 오븐팬째로 망에 올려 식힌다.

[버터크림]

① 냄비에 물과 그래뉴당 90g을 넣고 불에 올린다.
② 동시에 볼에 달걀 흰자를 넣고 거품을 낸다. 그래뉴당 10g을 넣고 단단한 머랭을 만든다.
③ ①을 117℃까지 졸인다. 끓어오른 후 전체적으로 고운 거품이 생기고 끈기가 생긴 상태. 태우지 않도록 주의한다. 냄비 표면에 얇게 묻은 설탕물이 타기 쉬우므로 물에 적신 솔로 닦아내면서 졸인다. 적당한 농도가 되면 불에서 내린다.
④ ②의 머랭을 전동믹서로 섞으면서 ③의 시럽을 조금씩 부어가며 잘 섞는다. 시럽을 모두 넣으면 윤기 있고 단단한 머랭(이탈리아식 머랭)이 완성된다.
⑤ ④가 상온으로 식을 때까지 전동 믹서로 계속 섞는다.
⑥ 완전히 식으면 버터를 조금씩(큰 스푼으로 한 숟가락씩 정도) 넣고 그대로 전동 믹서로 계속 섞는다.
⑦ 버터를 모두 넣으면 바닐라 오일을 넣는다. 취향에 따라 향을 내기 위해 양주를 넣어도 좋다.

[안에 바를 크림]

① 볼에 생크림을 넣고 얼음물로 볼 바닥을 식히면서 거품을 낸다.
② 80% 휘핑한 후(거품기로 뜨면 뿔이 서고 슥 구부러질 정도) 라즈베리 잼을 섞는다.

[조립]

① 케이크 시트의 종이를 떼어내고 종이가 있던 면이 위로 오게 놓은 후 전면에 잼을 바른다.
② 케이크 시트를 폭 4센티미터로 자른다.
③ 생크림을 바르고 크림을 바른 면이 안쪽을 향하도록 말아 준다.
④ 말은 케이크 시트 바깥쪽에 생크림을 바르면서 나머지 케이크 시트를 만다.
⑤ 다 말고 나면 케이크 시트 윗면과 옆면에 버터크림을 바른다. (전체적으로 얇게 바르고 나서 한 번 식힌 후 다시 한번 바르면 깔끔하게 완성된다.)
⑥ 남은 버터크림을 짤주머니에 넣고 원하는 모양으로 짜서 장식한다. 취향에 따라 과일을 장식해도 좋다.케이크 시트를 반으로 슬라이스한다.

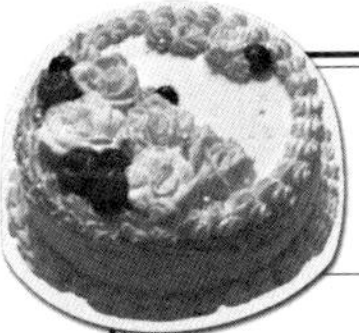

un homme 특제 레시피

버터크림 케이크

재료

24cm×24cm 오븐팬 1개 분량

[케이크 시트]

아몬드 가루……… 100g
가루 설탕………… 100g
달걀……………… 2개
달걀 흰자………… 1개 분량
그래뉴당 ………… 10g
박력분 …………… 20g
※버터 …………… 20g

[버터크림]

달걀 흰자………… 60g
(2개 분량으로 계량)
그래뉴당 ………… 100g
(90g과 10g으로 나눠서 사용)
물………………… 50cc
바닐라오일 ……… 조금

[안에 바르는 크림]

생크림 …………… 200cc
라즈베리잼 ……… 50g
(체에 걸러서)

[안에 바를 잼]

라스베리 잼……… 50g
(체에 걸러서)
레몬즙 …………… 2T

* T : 큰술(Tablespoon)

사전 준비

- 오븐팬에 얇게 샐러드유(분량 외)를 바르고 유산지를 붙인다.
- ※의 버터를 전자레인지 또는 중탕으로 녹인다.
- 오븐을 180℃로 예열한다.
- 박력분을 체에 내린다.
- 라즈베리 잼과 레몬즙을 섞는다.
- 버터크림용 버터는 상온에서 되돌려놓는다.

주말에는 비밀의 가게에서 케이크를
-여자 금지 양과자점-

2025년 11월 20일 제1판 1쇄 발행

지음 스기모토 아키코
커버 일러스트 아루코

발행 데이즈엔터(주)
등록번호 제 2023-000035호
주소 07551 서울특별시 강서구 양천로 570 NH서울타워 19층
대표전화 02-2013-5665

ISBN 979-11-380-6329-6

구매 시 파손된 도서는 구매처에서 교환하실 수 있습니다.
기타 불편사항, 문의사항이 있으신 독자님께서는 노블엔진 홈페이지
[http://novelengine.com] 에서 Q&A 게시판을 이용해 주시기 바랍니다.